dtv

Bélouard, ein dicklicher, unglücklicher Landtierarzt in der Nähe von Nantes, verbringt einen einsamen Sommer – bis ein schreckliches Ereignis das ländliche Idyll erschüttert: Auf einem der umliegenden Bauernhöfe wird eine ganze Familie auf fürchterliche Weise umgebracht. Der Alltag der Dorfgemeinde gerät aus den Fugen: Ermittler und Journalisten besetzen Bélouards Stammkneipe, Nachbarn verdächtigen einander, Freunde werden sich fremd. Da macht Bélouard einen Fund, der längst vergessene Gefühle, Eitelkeiten und Sehnsüchte in ihm weckt. Er wird zum Ermittler wider Willen und zum Entdecker einer grausamen Wahrheit.

Präzise und mit sanftem Ton erzählt Christian Pernath diese hochspannende Geschichte, die Kleinstadtchronik und Kriminalroman zugleich ist.

Christian Pernath, geboren 1959 in Nantes, studierte Musik und Kunstgeschichte. Er arbeitete unter anderem als Bienenzüchter, Elektriker, Dachdecker und Musiklehrer, bevor er zu schreiben begann. ›Ein Morgen wie jeder andere‹, sein erster Roman in deutschsprachiger Übersetzung, wurde im August 2009 auf Platz 3 der KrimiWelt-Bestenliste gewählt. Christian Pernath lebt in Südfrankreich.

Christian Pernath

Ein Morgen wie jeder andere

Kriminalroman

Aus dem Französischen
von Nathalie Mälzer-Semlinger

Deutscher Taschenbuch Verlag

Ausführliche Informationen über
unsere Autoren und Bücher
finden Sie auf unserer Website
www.dtv.de

MIX
Papier aus verantwortungsvollen Quellen
FSC® C019821

2011 Deutscher Taschenbuch Verlag GmbH & Co. KG,
München
edition manholt im dtv

Titel der französischen Originalausgabe:
›Un matin de juin comme les autres‹
Für die deutschsprachige Ausgabe:

Umschlagkonzept: Balk & Brumshagen
Umschlagfoto: Trevillion Images/Tony Worobiec
Satz: Greiner & Reichel, Köln
Druck und Bindung: Druckerei C. H. Beck, Nördlingen
Gedruckt auf säurefreiem, chlorfrei gebleichtem Papier
Printed in Germany · ISBN 978-3-423-13966-3

Meiner Schwester Sophie …

Auf der indonesischen Insel Komodo im Sunda-Archipel leben Warane, die bis zu drei Meter lang werden und eine Ziege, einen Damhirsch oder einen Menschen verschlingen können. Einst nannten die Inselbewohner sie ihre *Hälfte*, weil sie glaubten, die Warane seien ihre Ergänzung und würden ebenfalls von einem Mann und einer Frau geboren … Heute nennt man sie dort *Drachen* …

I

Es war wieder einmal früh am Morgen; das unausbleibliche Vogelkreischen in der bläulich seidigen Morgendämmerung, die, von den Geräuschen der ersten Autos und dem Öffnen der Rollgitter vor den Geschäften im Ort zerrissen, bereits verblasste und leichte Übelkeit verursachte. Und zweimal täglich derselbe trostlose Weg.

Er lief quer über den runden Platz vor dem noch schlafenden Supermarkt und bog in eine Straße ein, die zur Kirche führte. Er winkte, als ein Lieferwagen wankend vorbeifuhr, mit seinem Ölgestank die Straße verpestete und sich mit krachendem Getriebe weiter entfernte. Wo ist nur die Zeit geblieben? Schon vierundfünfzig Jahre, und dabei kommt es mir vor, als sei ich eben erst aufgewacht …, dachte er bei sich, wobei er den Gruß und die Person, an die er gerichtet war, schon wieder vergessen hatte. Und sein breites, ein wenig verschlafenes, leicht gerötetes Gesicht verzog sich, als er gleich darauf in Gedanken ergänzte: … allerdings ziemlich gerädert aufgewacht. Er erreichte das Ende der Straße. Knapp zehn Minuten brauchte er für den gesamten Weg. Als er an den Kirchplatz kam, bog ein Auto aus einer weiter oben gelegenen Straße und brauste an ihm vorbei.

Langsam schritt er über den Platz: Sein Gang war

schwerfällig, schleppend, und seine korpulente, etwas plumpe Gestalt steckte in einem Anzug aus billigem Tweed, der an Knien und Ellbogen leicht ausgebeult war; das Hemd noch sauber, ganz annehmbar, wenn auch nicht mehr strahlend weiß, ein wenig so, als hätte der trübe Blick des alten Junggesellen abgefärbt, der es knapp eine Stunde zuvor, nach eingehender Begutachtung des Kragens und der Manschetten im schummrigen Badezimmerlicht noch einmal für gut befunden hatte; um den Kragen, leicht gebauscht, eine pflaumenfarbene Strickkrawatte aus grober Wolle … Von der anderen Seite des Platzes aus, in derselben ansteigenden Straße, erblickte er die weiße Silhouette des Bäckers, der seinen Kombi belud. Durch die Vorhänge des Eckcafés sickerten schmale gelbe Lichtstreifen.

Er zuckte mit den Achseln.

Im Grunde war es fast nichts. Nur ein leichter Brechreiz. Ja, nicht einmal das: bloß eine winzige, diffuse Übelkeit, ein vages Gefühl von Haltlosigkeit und allgemeiner Schwäche, ein klitzekleiner, fast unmerklicher Schwindel. Wenn schon nicht mit einer richtigen Gleichgewichtsstörung, so wäre es mit einem drohenden Taumel vergleichbar; vielleicht mit dem Gefühl, das einen an Deck eines Schiffs überkommt, wo, selbst wenn es gerade im Lot steht, stets ein Argwohn, ein Zweifel bleibt, als würde das Gleichgewicht allein durch die Möglichkeit eines Schlingerns zerstört. Es war gewissermaßen eine Art Seekrankheit. Nicht mehr und nicht weniger. Und all das – dieses Unwohlsein, dieser Ekel, dieses mulmige Gefühl –, all das war da, ohne dass er dafür einen Grund hätte nennen können: Lag es an seiner seltsamen Gemütsverfassung, oder war die Ursache rein körperlich? Vielleicht etwas mit der

Leber. Der Alkohol. Nein, nicht der, den er am Vortag oder in der vergangenen Woche oder seit einem Jahr getrunken hätte – seitdem passte er nämlich sehr darauf auf, nichts mehr zu trinken –, sondern als hätte all der Alkohol, den er in seinem Leben zu sich genommen hatte, mit einem Mal beschlossen, ihn spüren zu lassen, dass seine Leber angegriffen war. Oder vielleicht der übermäßige Kaffeegenuss (vor Verlassen des Hauses hatte er bereits zwei Tassen getrunken); oder vielleicht beides zugleich: Gemütsverfassung und körperliches Unwohlsein. Er bog in den unbefestigten Weg ein, der nach dem Gras und den Blumen aus dem Nachbargarten roch. Am Ende der Sackgasse, dicht an der Mauer, stand sein Auto, dort, wo er es neuerdings parkte (außer am Samstagabend, um es sonntags zu Hause zu haben, und am Montagmorgen, bevor er es hierher zurückbrachte). Er hatte beschlossen, es dort stehen zu lassen, um sich zu diesen kleinen Spaziergängen, zu diesen täglichen zweimal zehn Minuten zu zwingen, als Ersatz für den Sport. Ich bin mir nicht ganz sicher, ob ich heute mit den Händen in Gedärmen herumwühlen kann …, sagte er sich. Sollte das der Fall sein, werde ich mich wohl übergeben müssen … An der Tür angekommen, holte er den großen braunen Schlüssel aus der Tasche und steckte ihn ins Schloss; er musste eine Weile probieren, bis der Schlüssel einrastete und er ihn drehen konnte. Dann betrat er den dunklen, nach Arzneien riechenden Raum.

Erst hier fühlte er sich zu Hause. Das Haus am Ortseingang hatte er nie gemocht, obwohl er es vor knapp zehn Jahren in einem spontanen Anfall von Begeisterung gekauft hatte; einen Neubau, der noch säuerlich nach frischem Gips gerochen hatte. Kaum einen Monat später –

das Haus hatte er noch nicht tapeziert, geschweige denn gestrichen und nur notdürftig eingerichtet – war er sich schon darüber klar geworden, dass er vermutlich einen Fehler gemacht hatte. Er hatte sich nie richtig eingelebt. Und seitdem er sich vorgenommen hatte (allerdings ohne seinen Plan je umzusetzen), in der Umgebung nach einem zum Verkauf stehenden Bauernhof zu suchen, betrachtete er sein Haus nur noch als Schlafplatz. Erst hier, in seiner weiß gestrichenen Praxis, die kaum größer als eine Garage war, hatte er das Gefühl, zu Hause zu sein. Er zog die Vorhänge vor den Fenstern auf, die beide zur Sackgasse gingen, und legte sein Jackett ab. Gleich wird mir besser …, dachte er. Wenn man nur nicht gleich von mir verlangt, in Gedärmen herumzuwühlen. Er ging hinüber in den kleinen fensterlosen Raum, der als Bad, Küche und Apotheke diente, und brühte sich frischen Kaffee.

Trotzdem angeschmiert, und obendrein niemand, dem man dafür die Schuld geben könnte … Ja, vielleicht gerade deswegen angeschmiert! … Er warf die alte Filtertüte mit dem Kaffeesatz in die Kloschüssel. Die Packung mit den neuen Filtern stand auf einem Regal zwischen lose herumliegenden Spritzen. »Nicht einmal der eine da …«, brummte er diesmal vernehmbar, nachdem ihm eine Sekunde lang das Bild von einer kleinen rundlichen Frau durch den Kopf geschossen war, von einer netten Frau, die fromm, ein bisschen sentimental und sehr geschwätzig war und sich vor einem Kruzifix urplötzlich in ein hasserfülltes Weib verwandelt hatte: Diese kleine rundliche Frau, seine Tante – die verwitwet war und schon damals zwei ihrer drei Kinder verloren hatte –, saß in der Küche und blickte mit gefasster Miene durch die Gardine hinaus auf die Straße, wohl wissend, was sie gleich zu sehen bekäme. Der Tisch, an dem er (mit sieben oder acht Jahren) artig zwischen den Tellern spielte, war schon gedeckt, alles war bereitet, um Gäste zu empfangen: ihren jüngsten Sohn und dessen Frau sowie seine Eltern; etwas später hielt das erste Auto vor dem Haus, am Gartentor, und sie, seine Tante, beobachtete, wie ihre Schwiegertochter ausstieg, um das Auto herumlief, eine der hinteren Türen öffnete, einen Rollstuhl herausholte und auseinanderklappte. Da begann ihre Hand, mit der sie die Gardine festhielt, plötzlich zu zittern – es war ein heftiges, unbezwingbares Zittern, das ein bis zwei Sekunden andauerte. Seine Tante sprang jäh auf. Doch nicht etwa, um hinauszustürzen und ihrem Sohn entgegenzueilen, sondern um im Gegenteil ans andere Ende des Zimmers zu laufen, zu dem Kreuz, das an der Wand hing. »Du Schwein! Du Schwein! … Warum nimmst du sie mir alle? Hm? … Na los, sag es mir. Warum nimmst du sie mir alle? Was habe ich dir denn getan?…« Das war alles. Es hatte nur eine Sekunde gedauert. Den Bruchteil einer Erinnerung, die, kurz bevor er seinen Satz angefangen hatte, ans Licht gezerrt und gleich darauf wieder ausgelöscht worden war: »… nicht einmal den einen da, gegen den man hätte revoltieren oder dem man sich hätte unterwerfen können.« Der Kaffee lief jetzt durch die Maschine. Er ging zurück in das Behandlungszimmer.

Es war noch nicht einmal sieben. Also blieb ihm noch genügend Zeit, um wieder auf die Beine zu kommen, bevor es losging. Er machte es sich in seinem Schwingsessel hinterm Schreibtisch bequem. Die Sonne war mittlerweile über dem Dorf aufgegangen, gleißendes Licht fiel durch die Tüllgardinen. In seinen Sessel gefläzt, träumte er vor sich hin, bis er die Kaffeemaschine gurgeln hörte. Dann warf er einen flüchtigen Blick in die Henkeltasse, wo ein Rest Kaffee vom Vortag angetrocknet war, stand träge auf und ging nach hinten, um sie wieder aufzufüllen. Dann setzte er sich wieder hin. Warum nicht Galapagos-Schildkröten, dachte er, oder Komodo-Warane … (was nichts mit der Zeitschrift zu tun hatte, die er aus dem Hinterzimmer mitgebracht und, ohne sie aufzuschlagen, auf den Schreibtisch geschleudert hatte). Sonderlich *kommod* sollen diese Echsen, die so groß wie Hängematten werden, ja allerdings nicht sein … Ist bestimmt ein ziemlicher Akt, diese kleinen Biester zu behandeln! Ein Funken guter Laune blitzte in seinen müden blauen Augen auf. Aber warum eigentlich nicht? Was könnte mich denn davon abhalten? Schöne Landschaften, Exotik, vielleicht ein wenig Zärtlichkeit … ein kleiner, fester, treuer, mit Safran gewürzter Körper … und bei mir vielleicht ein paar Pfunde weniger. Na ja … sagen wir, es ist mir nicht einmal in den Sinn gekommen. Es ist mir nicht in den Sinn gekommen, dass man, um glücklich zu sein, an einen Ort reisen müsste, dessen Name einen zum Träumen bringt. Was hätte es auch geändert? Wer sagt denn, dass es in Benares oder Samarkand nicht genauso sterbenslangweilig ist wie hier. Wenn man erst einmal dort ist, merkt man womöglich, dass nur der Name und die Entfernung gelockt haben und alles andere die Reise gar nicht wert war … abgesehen vielleicht von dem kleinen, festen, safranfarbenen Körper, der aufmerksam und treu ist, es sei denn, der gehört auch bloß zur Werbung aus dem Faltprospekt … oder man wird seiner auf Dauer genauso überdrüssig wie eines großen weißen Körpers … Mit Ausnahme der Warane. Die gibt es dort jedenfalls, das steht fest. Gepflegt und gehätschelt ... und hin und wieder dürfte es auch eine hübsche Herausforderung sein, wenn einer dieser armen Lieblinge mal wieder so unvorsichtig war, sich den Darm mit dem Schienbein eines unglückseligen Touristen zu durchbohren ... Wobei Herausforderung vielleicht übertrieben ist: ein Schuss mit dem Betäubungsgewehr, und die Sache ist geritzt ... Letztlich also kein großer Unterschied zu meinem Bracken von gestern, abgesehen vielleicht von der Größe und Herkunft des Knochens. Was ändert es schon, wenn man sich ohnehin am liebsten übergeben möchte?

Doch an diesem Morgen brauchte er keine Bäuche aufzuschneiden oder zuzunähen. Nur die Lider einer Katze musste er lösen, so gegen zehn. Aus ihren Augen war zäher gelber Eiter gesickert und über Nacht getrocknet. Das zwölfjährige Kind, das ihm das Tier brachte, sah sehr besorgt aus.

Er stopfte seine Krawatte zwischen die Knöpfe seines Hemdes.

»Musst du denn nicht zur Schule?«

»Der Lehrer ist heut nicht da ...«

»Ach so!... Na, ist doch prima, oder?«

Der Junge antwortete nichts. Beunruhigt schaute er zu, wie Bélouard mit einer Hand die Katze fest auf den Tisch drückte und mit der anderen die Augen betastete.

»Ist es das erste Mal?«

»Nein, das hatte sie schon öfter.«

»Was habt ihr denn die anderen Male gemacht?«

»Mama hat ihr die Augen mit abgekochtem Wasser ausgerieben ...«

Er richtete sich wieder auf.

»Halt sie gut fest. Wir machen dasselbe. Ist das deine Katze?«

»Nein. Die meiner Schwester … ich mag keine Katzen«, erwiderte er und hielt das betäubte und blinde Tier am Halsband fest.

»Nicht einmal die hier?«

Da bemerkte der Junge, dass er die Katze schon die ganze Zeit sanft streichelte, und hielt inne.

»Hunde sind mir lieber …«, murrte er.

Bélouard war inzwischen ins kleine hintere Zimmer gegangen, wo er ein Fläschchen mit lauwarmem Wasser auffüllte.

Als er zurückkam, hörte der Junge wieder abrupt auf, die Katze zu streicheln.

»Und hast du einen Hund?«

»Nein … Mama findet Hunde nicht so praktisch.«

Er hatte eine Kompresse angefeuchtet und schaute das Kind einen Augenblick verdutzt an, während er die Kompresse auf Brusthöhe hielt. »Stimmt, sie sind nicht so praktisch wie ein Koffer oder ein Föhn«, erwiderte er mit breitem, gutmütigem Lächeln. Das Kind warf ihm bloß einen verwunderten und feindseligen Blick zu.

Dann säuberte er die Lider der Katze. Gelbliche Augenbutter, die getrocknet und braun geworden war, noch bis unter die Lider fand er fingernagelgroße Verkrustungen. Kaum hatte die Katze wieder ein Auge aufbekommen, begann sie zu zappeln.

»Sie zerquetschen sie ja …«, rief das Kind vorwurfsvoll.

»Aber nein, keine Sorge … Außerdem ist es gleich vorbei. Komm, hilf mir mal, sie festzuhalten. Wir geben ihr noch ein paar Augentropfen.«

Dann war er wieder allein; ein wenig benommen. Er blieb eine ganze Weile reglos in dem weißen Raum stehen, in dem eine fast verstörende Stille herrschte und der genauso absurd war wie ein Käfig oder ein Einmachglas; wie betäubt stand er da, ein paar Sekunden lang wirkte er regelrecht bestürzt über das lächerliche Ausmaß dieser Welt, jenseits derer es nichts Festes oder Greifbares zu geben schien, nichts, das irgendwie von Bedeutung gewesen wäre, eine Welt, aus der eben ein Kind und seine Katze verschwunden waren; er war nicht wirklich in ihr gefangen, nichts zwang ihn, in ihr zu verweilen, er hatte bloß ein paar Gründe, da zu sein, und keinen einzigen, aus ihr auszubrechen.

Die einzig wahre Frage, dachte er, lautet im Grunde: Wird auch der Rest der Zeit, die mir bleibt, derart sterbenslangweilig sein?

2

Les Sauvignères. Gegen zehn Uhr. Eine merkwürdige Stille. Erst zehn Uhr. Weil ein Bauer mit einem anderen Bauern verabredet war, dieser aber nicht kam; weil auch niemand ans Telefon ging, weder zu Hause noch ans Handy. *Weißt du noch, als wir damals mit dem Bus zur Schule gefahren sind, wie du dein Gesicht gegen die Heckscheibe gepresst hast und ich meinen Hintern … und man uns beide für Zwillinge hielt? … Mensch, wo steckst du? Seit einer geschlagenen halben Stunde warte ich hier auf dich und schleppe meine Schläuche allein durch die Gegend!* Nichts. Keine Reaktion. Allmählich fragte sich Pasquier beunruhigt, ob er seine SMS womöglich an den falschen Empfänger geschickt hatte. Das war schon vorgekommen. Ganz rot war er geworden, während er auf seinem Feld stand und mit seinen ungeschickten, dicken Fingern die Nummer auf seinem Handy überprüfte. Am Ende rief er noch mal an. Erst auf dem Handy, dann auf dem Hof; niemand. Kurzes Warten, dann noch ein Anruf: immer noch nichts. Schließlich hatte er sein Vorhaben, den Mais zu wässern, aufgegeben. Fünf oder sechs Minuten Fahrt mit dem Traktor nach Hause; und dann mit dem Renault schnell hinüber nach Les Sauvignères.

Es war kurz vor elf; der Zeitpunkt, als das Kind mit seiner blinden Katze von zu Hause aufgebrochen war. Pasquier soll sich übergeben haben.

Für alle andern war es in diesem Augenblick noch ein ganz normaler Morgen im Juni. Noch ein wenig kühl, aber sonnig; erfüllt vom Duft des Geißblatts und Ginsters. Erfüllt vom Duft frischen Heus, vom fernen Brummen der Traktoren, vom Summen der Insekten und dem Kreischen der Schwalben; erfüllt vom zänkischen Krächzen junger Krähen und ihrem jähen schwarzen Aufflug. Ein Morgen im Juni mit grünen Weizen- und goldenen Gerstenfeldern, die sich beim leisesten Windhauch sanft hin und her wiegten; mit Klatschmohn, Weißdorn und Flughafer, der aus den hohen Gräsern an den Straßenböschungen ragte und in der flimmernden Luft zitterte. Mit einem herrlichen, hellblauen Himmel, in dem Bussarde kreisten, weiter oben die alten, darunter die jungen, die ihre Flugbahnen noch rundeten und dabei ihre ersten Schreie ausstießen.

Und bereits mit einer endlosen Reihe von Sirenen, Polizeiwagen und Blaulichtern in der Umgebung von Les Sauvignères.

Es war noch nicht einmal Mittag, da erzählte man sich schon die tollsten Dinge.

Im Supermarkt, auf der Straße, in den Läden, im Café: Es gab jene, die etwas gehört oder vorbeifahren gesehen hatten, aber nicht wussten, was. Gerüchte. Gerede. Neugieriges, leicht beunruhigtes, leicht erregtes, eitles Geschwätz … Man sagte, es gebe auch welche, die selbst nachgesehen hätten, aber man wusste noch nicht, was die gesehen hatten. Man wartete noch auf ihre Rückkehr. Angeblich war etwas geschehen, in der Nähe von Les Sauvignères. Ein Drama oder ein Unfall. Man wusste nichts Genaues.

Und dann wusste man es.

Um halb eins wussten es alle.

Mit einem Schlag hatte sich eine ungeheure Fassungslosigkeit über den ganzen Ort ausgebreitet und zugleich eine Art genüssliches Schaudern.

Er verließ die Sackgasse.

Es war beinahe schon zu heiß. Er hatte seine Krawatte gelockert und den Kragen aufgeknöpft. Aber er fühlte sich inzwischen besser. Wenn der Vormittag rum war, fühlte er sich immer besser. Nun war er sogar ein wenig guter Laune. Und das, obwohl er keinen Hunger hatte, obwohl es für ihn eigentlich keinen Grund gab, zum Essen hinauszugehen, es war nur ein Vorwand: Denn das Mittagessen war das beste Mittel (und vielleicht auch das einzig wirksame), um den Vormittag definitiv abzuschließen. Er schlenderte hinüber auf die schattige Straßenseite und erreichte kurz darauf den Platz.

Bloß eine Katze ..., dachte er, während er seine leere Jackentasche befühlte. Er hatte schon wieder sein Handy vergessen. Unwillkürlich zuckte er mit den Achseln. Bloß eine Katze. Eine Katze mit starker Bindehautentzündung und ein langer Artikel über das jüngst erwachte Interesse einiger Physiker am Buddhismus ...

Trotzdem, bloß eine Katze ... So wenig war selten los.

Schwerfällig lief er zur Caféterrasse an der Ecke, von der aus man den ganzen Platz überblickte, und schlüpfte, ohne den vorderen Teil des Cafés zu betreten, seitlich in eine Art Vorraum. Es schienen mehr Leute am Tresen zu stehen als sonst, der Raum war laut und verqualmt; also ging er gleich hinüber in den Restaurantbereich. Der war auch schon ziemlich voll – das war allerdings normal –, aber wesentlich leiser. Gedankenverloren schlenderte er zu seinem Stammplatz neben dem Fenster.

Nachdem er sich gesetzt hatte, ließ er seinen wasserblauen, leicht verdutzten Blick zerstreut durch den dröhnenden, halbdunklen Raum schweifen, der von schweren Küchengerüchen, Geschirrgeklapper und bemerkenswert lautstarken Unterhaltungen erfüllt war, die vom Tresen herüberdrangen. In diese Fülle von Eindrücken mischten sich die mehr oder weniger vertrauten Gesichter der Männer und Frauen rings herum, ein Gewirr aus Handbewegungen, Speisen, Metall und Porzellan, sich gegenseitig übertönender Gespräche. Das Ganze strahlte eine gewisse Ärmlichkeit aus, und irgendwie haftete dieser Notwendigkeit, sich tagtäglich eine bestimmte Menge Pflanzen und Tiere in den Mund zu stopfen, um den Bauch vollzukriegen, auch etwas Lächerliches an. Er wandte den Kopf zum Fenster. Die Kirchturmuhr, die er von hier aus nur seitlich erblickte, zeigte fast eins. Es geht mir offenbar doch nicht so gut …, dachte er. Verdammt! Es geht mir offenbar doch nicht so gut.

Übel war ihm zwar nicht mehr; aber das unmerkliche Schwindelgefühl ließ nicht nach.

Elisabeth kam an den Tisch und riss ihn aus seinen Gedanken. Sie hatte einen Brotkorb auf den Tisch gestellt. Als er sich zu ihr umdrehte, verweilte sein Blick unwillkürlich auf ihrem Ausschnitt – ihren großen weißen, etwas schlaffen Brüsten, die dort, wo die schwarze Spitze des BHs begann, ein wenig hervorquollen –, bevor er ihr ins Gesicht sah; in ihre blasierten und ungeduldigen Augen. »Und, wie geht's heute?«, fragte sie. Schon seit geraumer Zeit begrüßte sie ihn so, wie jemanden, der auf dem Weg der Genesung ist. Und zwar genau seit dem Tag, an dem er auf die Idee gekommen war, sich zu beschweren (allerdings erinnerte er sich inzwischen nicht mehr, weswegen, vermutlich nur, um getröstet zu werden), damals hatte er urplötzlich ein irrsinniges Verlangen – ja, eine wirklich irrsinnige Lust – verspürt, diese weißen, weichen Brüste mit beiden Händen zu packen und sie lange zu kneten. Aber so weit war es nicht gekommen.

»Ganz gut«, sagte er lächelnd. »Und Ihnen?«

»Ich nehme an, Sie wissen schon das Neueste? Sie haben sicher gehört, was passiert ist?«

Er schüttelte den Kopf und betrachtete sie mit eingefrorenem Lächeln und erstauntem, leicht verunsichertem Gesichtsausdruck.

»In Les Sauvignères …?«, sagte sie. Sie setzte eine tragische, ruhige, tapfer gefasste und zugleich genüssliche Miene auf. »… Mangin«, sagte sie, »seine beiden kleinen Töchter, die Oma: abgeschlachtet. Alle vier. Den beiden kleinen Mädchen und der Oma wurde die Kehle aufgeschlitzt; bei Mangin weiß man nicht genau. Und Mangins Frau, Geneviève … spurlos verschwunden …«

»Pffhh«, machte er.

Sie beobachtete ihn ein paar Sekunden, offenbar in Erwartung von etwas, das nicht kam, wohl auch nie kommen würde: Sein breites Gesicht, das einfach nur betrübt, reglos und stumm blieb, der leicht verlorene Blick, mit dem er sie anstarrte (und der fast immer ein Alkoholikerblick gewesen war, auch wenn er seit Langem mit dem Trinken aufgehört hatte), und die beiden Hände, mit denen er die Tischkante rechts und links vom Teller umklammerte.

»Heute gibt es Hasenpfeffer«, sagte sie schließlich.

»Ich glaube, ich nehme lieber das Entrecôte …«

»Blutig? Wie immer?«

»Ja«, antwortete er; ohne gleich zu verstehen, warum sie das Gesicht verzog, noch, warum sie beim Weggehen sagte, dass sie heute für kein Geld der Welt Fleisch essen würde. Erst im darauffolgenden Moment, als sie sich schon wieder entfernt hatte, begriff er. Ist doch albern, dachte er.

Er hatte sich nicht gerührt. Seine Hände hielten noch immer die Tischplatte umklammert. Und noch immer drang lautes Stimmengewirr aus dem Cafébereich. Wahrscheinlich hätte ich doch etwas sagen sollen … Ja, ich hätte ganz sicher etwas sagen sollen. Aber was? Die machen mir Spaß. Was soll man denn zu so etwas sagen? Mangin … Die Kleinen … Verdammt! Dazu braucht man doch Zeit. Was soll das heißen, abgeschlachtet? Brauchen die andern etwa keine Zeit? … Nein, offenbar nicht. Bei denen kommt es von ganz allein. Ganz selbstverständlich. Aber bei mir nicht. Oder nicht mehr … Mag ja sein, dass irgendetwas bei mir kaputt ist, aber was? … Vielleicht die Fähigkeit zu lügen? So zu tun, als ob? Nicht mal mehr das Bisschen, das schon ausreichen würde … Ich schaffe es nicht mehr … Verflucht! Ich kann ihnen doch nicht sagen, dass es mir völlig schnurz ist! Ich kann ihnen doch nicht sagen, dass es mich, wenn es mir schon nicht völlig schnurz ist, im Augenblick nicht sonderlich berührt und sie doch bitte so freundlich sein sollen, mir ein wenig Zeit zu lassen … es käme schon noch, ganz bestimmt …

Auf einmal wurde es schlagartig still, dort, am Tresen.

Dann schrie eine Stimme, dass *darüber berichtet würde,* und Elisabeth lief hastig in die Küche, um die Nachricht zu verbreiten; gefolgt von den beiden Köchen eilte sie zurück ins Café, wo schon mehrere Leute von ihren Plätzen aufgestanden waren. Es war im Fernsehen, in den Ein-Uhr-Nachrichten; sie berichteten über Les Sauvignères. Eine bleierne Stille senkte sich über den Raum, die erst am Ende der Nachrichten von ein paar gemurmelten Kommentaren durchbrochen wurde.

Ein alter Herr kam auf seinen Tisch zu.

»Haben Sie das gehört?«, fragte er ihn mit einer heiseren Fistelstimme.

Mit seinem knorrigen Zeigefinger zeigte er ins Café, während er ihm die andere Hand zum Gruß reichte. Es war der ehemalige Schuldirektor, der jeden Mittag zum Essen hierherkam. Sein Körper war dürr wie eine alte Heuschrecke und steckte in einem zu weiten, beigefarbenen Anzug, der ihm einen Hauch Eleganz verleihen sollte, aber ganz offensichtlich per Versandkatalog bestellt war. Seine Augen tränten.

»Ach! Ja, ja … Es ist entsetzlich …«

»Ja. Entsetzlich. Das ist das richtige Wort … Was sind das nur für Zeiten!«, fügte der alte Mann hinzu und entfernte sich wieder.

Bélouard sah, wie er sich entfernte, sah seine hagere und anrührende Gestalt; seine Hand, die mit einer wegwerfenden Geste noch immer Missbilligung ausdrückte. Der alte Herr verschwand genau in dem Moment im Vorraum, als die anderen Leute zurückströmten. Der Lärm hatte wieder eingesetzt. Die paar Gäste, die aufgestanden waren, nahmen wieder ihren Platz ein. Elisabeth fuhr fort, mit ernster Miene zwischen den Tischen hin und her zu eilen. Bélouard musste allerdings noch eine ganze Weile warten, bis er bedient wurde, denn sie kümmerte sich ganz offenkundig erst um jene, die es ihrer Ansicht nach am eiligsten hatten oder die sie einfach bevorzugte. Dabei muss ich doch auch etwas essen, sagte er sich. Dieser Gedanke, der ihm ganz unwillkürlich in den Sinn gekommen war, hatte weder Hand noch Fuß und war wohl das Ergebnis irgendeiner langen und unzusammenhängenden Assoziationskette, die ohne jeden Bezug zu dem war, was ihm im darauffolgenden Augenblick durch den Kopf schoss: Verschwommene und verworrene Erinnerungen, die schon Jahre alt waren, aus jener Zeit stammten, in der er noch nicht allzu viel getrunken hatte; Erinnerungen an einen etwas prahlerischen Mann, der zwar nicht unsympathisch, aber eben etwas prahlerisch war und vielleicht auch allen Grund dazu hatte; Erinnerungen an ein noch kleines, lebhaftes Kind und eine blonde, recht hübsche und erstaunlich sinnliche Frau – vielleicht etwas zu sinnlich und elegant für das, was ein Leben auf dem Bauernhof mit Land und Vieh ihr zu bieten hatte … dann bruchstückhafte, zersplitterte Reminiszenzen aus jener Zeit, da er zu viel trank. Viel zu viel. Und seitdem nichts mehr, bis auf zwei oder drei Mal bei dem einen oder anderen der wenigen Kunden, die ihm die Treue gehalten hatten; derselbe Mann, heute verschlossen und reserviert …

Endlich kam Elisabeth mit dem Entrecôte und stellte den Teller mit dem Fleisch und den Pommes Frites auf den Tisch.

»Das Wasser kommt gleich«, sagte sie.

»Was wurde berichtet?«, fragte er.

Sie schien einen Augenblick zu zögern.

»Möglicherweise ein Irrer, der aus Les Bourdelettes ausgebrochen ist«, gab sie ihm zur Antwort. »Der soll frei herumlaufen. Sie suchen ihn … Das ist alles.«

»Und Mangins Frau?«

»Nichts. Wurde nicht gefunden.«

Sie entfernte sich wieder. Er begann zu essen.

Etwas später musste er sie daran erinnern, dass sie die Karaffe mit dem Wasser vergessen hatte.

3

Es war fünf Uhr. Er kam aus der Umgebung von Blain zurück, wo er ein paar Schweine behandelt hatte, und fuhr recht schnell die schmale Landstraße zwischen Blain und Notre-Dame-des-Landes entlang. Durch die heruntergekurbelten Scheiben wehte der Duft von frisch gemähtem Gras herein und überdeckte den säuerlichen Jauchegeruch, den seine im hinteren Teil des Wagens liegenden Stiefel verströmten, obwohl er sie zuvor gründlich mit Wasser abgespritzt hatte. Mittlerweile war er recht gut gelaunt. Er hatte nur noch eine Visite in der Nähe von Le Temple de Bretagne. Vielleicht sollte ich das auch mal ausprobieren, dachte er ... Jetzt, da mir offensichtlich alles durch die Finger rinnt, als würde man mir beutelweise Murmeln in die Hände schütten ... warum nicht ... so eine nette kleine lächelnde Verblödung? Der Buddhismus ist nicht die unsympathischste Art und Weise, nichts zu begreifen ... Wahrscheinlich bin ich gar nicht so weit davon entfernt? Vielleicht bin ich gar im Begriff, ganz unmerklich Buddhist zu werden? ... Na ja, Buddhist ... vom Mitleid einmal abgesehen. Wobei das Mitleid ... O Gott!!! Was ist das denn? ... Er trat kräftig auf die Bremse und nahm gleich wieder den Fuß vom Pedal; er war noch zweihundert Meter von der Stelle entfernt, wo er etwas gesehen zu haben glaubte, das gleich darauf wieder verschwunden war. Langsam fuhr er heran, gab sogar wieder ein wenig Gas, bis er an einer großen Fläche mit Ginsterbüschen und Himbeersträuchern vorbeikam, zwischen denen ein kleiner Feldweg verlief. Aber er fuhr noch immer nicht mit der alten Geschwindigkeit. Er war unschlüssig, auf welche der widersprüchlichen und verwirrenden Stimmen er hören sollte: Da war nichts. Und selbst wenn da etwas gewesen sein sollte, brauchst du bloß weiterzufahren, und schon ist wirklich nichts mehr da, schon hat es dort nie etwas gegeben. Dennoch hielt er ein paar hundert Meter weiter. Er kam nicht einmal auf die Idee zu wenden oder den Rückwärtsgang einzulegen. Er öffnete einfach nur die Wagentür und stieg aus dem Auto. Dann suchte er mit den Augen nach dem Weg. Erst da bemerkte er, dass der schon ziemlich weit hinter ihm lag und es besser gewesen wäre, mit dem Auto zurückzufahren. Aber nun hatte er sich bereits auf den Weg gemacht. Und was mache ich, wenn es der Irre von Les Bourdelettes ist?, dachte er. Dabei empfand er keine Angst; er war nicht einmal beunruhigt. Im Grunde glaubte er da schon nicht mehr an diese angebliche menschliche Gestalt. Und selbst wenn da etwas gewesen war, warum hätte dieses Etwas dort bleiben sollen? Da er sich nun einmal dazu entschlossen hatte, lief er weiter den grasbewachsenen Straßenrand entlang, umgeben vom sommerlichen Geruch der Felder und einer Stille, die nur von Insekten, Einsamkeit und Sonne erfüllt war. Als er endlich das Gebüsch erreichte, rief er etwas hilflos: »Hallo! Ist da jemand?« Er blieb stehen und horchte – eine leichte Brise wehte wispernd über die flirrende Landschaft. Dann lief er zwei, drei Schritte den Weg entlang. Eine Eidechse huschte vor ihm durchs Gebüsch. Ach Unsinn, du alter Spinner … da ist niemand … Er näherte sich einem Wäldchen. Gleich neben dem Weg schwang sich ein kleiner grasbewachsener Hang zu einer Mulde mit Himbeersträuchern hinunter. »Großer Gott, doch!«, rief er. Allerdings hatte er ein paar Sekunden gebraucht, nicht etwa, um zu begreifen, dass es sich bei der Gestalt, die da auf der Wiese lag, um einen Körper handelte, sondern um zu begreifen, dass dieser Körper zwangsläufig zu jemandem gehörte, dass also in der Tat *jemand* dort lag, eine richtige Person. Stumm und unentschlossen stand er da; ihm war, als habe der Körper sich bewegt, aber sicher war er sich da nicht. »Hallo!«, rief er und lief schwerfällig und unbeholfen den kleinen Hang hinunter.

Vorsichtig ging er auf die Gestalt zu.

Es war eine Frau. Sie lag auf dem Bauch – ihr geblümtes Kleid war bis zu den Schenkeln hochgeschoben –, aber sie lebte noch: Er sah, dass sie sich bewegte, mit der Hand ein Grasbüschel knetete.

Zögernd und etwas hilflos rief er erneut »Hallo«, während er weiter auf sie zuging. Dann beugte er sich zu ihr hinunter und berührte mit zitternder Hand behutsam ihre Schulter. Sie reagierte nicht.

»Was ist los? Brauchen Sie Hilfe? Kann ich etwas für Sie tun?«

Die Welt war schlagartig zusammengeschrumpft auf diesen kleinen Raum, der von Schatten umringt war und im Nichts zu schweben schien, einen Raum, in dem eine Frau schluchzend im Gras lag. Bélouard lief um den Körper herum, an der Seite, wo die Frau den Kopf auf die Arme gelegt hatte. Er dachte an nichts. Ihm war heiß. Große Schweißtropfen perlten über sein aufgedunsenes, rotes Gesicht und seine vor Aufregung bebenden Hängebacken. Unwillkürlich tastete er nach einem Taschentuch. Dann beugte er sich wieder über sie.

»Kann ich etwas für Sie tun? Kann ich Ihnen helfen?« Erneut fasste er die Frau an den Schultern und schüttelte sie sanft. Schließlich kniete er sich neben sie und drehte sie vorsichtig um, wobei er ihr den Arm vom Gesicht nahm. Da sah er, dass ihr Gesicht blutverschmiert war. »Um Himmels willen! Sie sind ja verletzt … Warten Sie … Kommen Sie … Ich bin Arzt … nun ja, ich … Kommen Sie …«

Die Frau ließ alles mit sich geschehen; setzte sich auf, schlug jedoch wieder die Hände vors Gesicht und grub die Finger in ihre langen schwarzen Haarsträhnen. Sie weinte stumm. Er versuchte nochmals, ihr die Hände vom Gesicht zu nehmen. Es ist nichts Ernstes, schoss es ihm durch den Kopf. Es sieht nicht allzu arg aus … Er entdeckte Spuren einer Verletzung über dem Auge, ansonsten hatte sie wohl nur Nasenbluten gehabt.

»Sind Sie noch irgendwo anders verletzt? … Wurden Sie überfallen? … Können Sie aufstehen?«

Schließlich ließ sie sich wieder auf den Boden sinken und schluchzte, das Gesicht ins Gras vergraben. Er setzte sich neben sie.

»Was soll ich denn tun?«, fragte er mitleidig. »Soll ich jemanden holen gehen? Soll ich die Polizei rufen?«

Sie schüttelte den Kopf. Dann gab sie einen kehligen Laut von sich, der tragisch und verzweifelt, ja herzzerreißend klang, wie der Versuch, ein lautes Schluchzen zu unterdrücken. Sie rührte sich nicht mehr; nur ein paar heftige Schauer liefen ihr dann und wann über den Rücken. Schüchtern strich er der Frau zweimal kurz über das Haar.

»Ja, gut … aber wir zwei können schließlich nicht bis zum Sanktnimmerleinstag hier im Gras sitzen bleiben … Wir müssen uns doch zu irgendetwas durchringen … Wir müssen doch irgendwo hingehen …«

Er verharrte noch einen Augenblick regungslos. Die Welt nahm allmählich wieder ihre normalen Dimensionen an. Im selben Moment fiel ihm das Massaker von Les Sauvignères wieder ein. Und zwei ganz widersprüchliche Dinge gingen ihm durch den Kopf: zum einen nämlich, dass er Mangins Frau, Geneviève, wiedergefunden hatte, und zum anderen, dass es sich ganz offenkundig um jemand anderes handelte, weil diese Frau hier dunkelhaarig war. Dann verhedderten sich beide Gedanken, und er dachte schließlich überhaupt nicht mehr an die Geschichte.

Er erhob sich.

»Na los … Kommen Sie …«, sagte er. (Erneut fasste er die Frau an den Schultern, um ihr beim Aufstehen zu helfen.) »Na los, kommen Sie. Sie müssen aufstehen … Na also …«

Diesmal gelang es ihr, sich aufzurichten, und das geblümte Kleid fiel wieder über ihre Schenkel. »Wird es gehen?«, fragte er. Sie nickte. Noch immer hielt er ihren Arm fest. Sie machte sich los, um ihr Haar zu ordnen. Besorgt betrachtete er sie: Das leicht nach vorn geneigte Gesicht war aschfahl – es sah noch jung aus, war jedoch gezeichnet von Kummer und Schlägen, die sie offenbar eingesteckt hatte, die Augenlider waren verquollen, die Braue verletzt, die Nase und die aufgeplatzte Lippe, an der ein kleiner schwarzer Schnitt zu sehen war, waren mit Blut verklebt. Ihre Hände – eine ewige Mädchengeste – waren gerade damit beschäftigt, die langen schwarzen Haarsträhnen brav hinters Ohr zu streichen, zitterten. Und über all dem lag eine ungeheuerliche, schwer greifbare Scham.

»Gut«, sagte er. »Geht es besser? … Was ist denn passiert? Wer hat Ihnen das angetan? … Ich bringe Sie zur Polizei, ja? Denen können Sie dann alles erzählen.« Sie schüttelte energisch den Kopf. »Nein? … Gut … Na dann wenigstens zum Arzt, damit er Ihre Wunden reinigt…«

»Können Sie das nicht machen …«, flüsterte sie.

»Tja, also genau genommen … bin ich gar kein richtiger Arzt, eigentlich bin ich …«

»Ich weiß«, sagte sie.

»Ach so …« Er musterte sie. »Na gut, dann kommen Sie erst mal mit«, sagte er.

Sie stiegen den Hang hinauf zum Weg und gingen zurück zur Straße. Er hatte behutsam ihren Arm genommen. Sie liefen ganz langsam, sie auf dem Gras, er auf dem Schotter neben der Fahrbahn. Niemand fuhr an ihnen vorbei. Die kleine Landstraße blieb menschenleer mit ihrem schwindenden Junilicht, mit ihrer Stille, mit den Grillen und dem weißen Kombi, der wie ein Fremdkörper an der Böschung stand.

Rechts und links sah man bunte, hügelige Landschaften, auf denen sich, so weit das Auge reichte, Labyrinthe aus dunkelgrünen Hecken abzeichneten.

»Sind Sie sicher, dass ich Sie nicht zur Polizei fahren soll?«, fragte er.

Meter einer durchsichtigen Sonde, Bücher …) und an der Wand, gegenüber vom Fenster, das braune Samtsofa, auf dem keiner mehr saß. Es war leer, als habe er zwei Stunden zuvor niemanden dort zurückgelassen oder als hätte es sich nur um einen Traum, eine vage Erinnerung gehandelt. Wären da nicht die Flasche mit Wasserstoffperoxyd und die fünf oder sechs schmutzigen Mullkompressen gewesen, die neben der Lehne auf dem Boden lagen. Nein. Weg …, dachte er.

Er ging zurück in den Flur, um die Post zu holen, und ließ sich aufs Sofa fallen.

Alles war so lächerlich. So furchtbar lächerlich. Eine verprügelte Frau, die im Graben gelegen hatte; überdrehte, kreischende Kinder, die in abstoßender Manier von Blut und Messerstichen erzählt hatten und offenbar ganz aufgeregt waren bei dem Gedanken, dass in den Körper anderer Kinder ein Messer gestoßen worden war (man hatte ihnen nicht *die Kehle aufgeschlitzt*, wie Elisabeth behauptet hatte, sondern sie waren erstochen worden), in den Körper von Kindern, die sie kannten, mit denen sie auf eine Schule gegangen waren; Erwachsene, die sich insgeheim an all dem ergötzten, genüsslich Anteil nahmen, obwohl sie wie die Unschuldslämmer dreinschauten; ein Stall, der sich in eine Schreckenskammer verwandelt hatte; die verdutzte Erleichterung der Kühe, die an die Melkmaschine geschlossen worden waren; der Fernseher; und dann, aus dieser etwas erbärmlichen Pandorabüchse schallend, Schreckensschreie eines armen unschuldigen Kerls, der ganz brav und nichtsahnend in seine Klinik zurückgekehrt war und plötzlich von einer Horde Polizisten überfallen wurde, nachdem er achtundvierzig Stunden lang in ländlicher Idylle seine Freiheit genossen hatte. Und dann wieder Politik, Schreie, Krieg – natürlich Krieg: eine chinesische Mauer, nicht nur auf dem Territorium, sondern in den Köpfen eines Volkes errichtet, um es zu zerstören (Lazarus, kaum dem Grab entstiegen, des Wunders schon nicht mehr würdig). Um sich zwischen die Menschen und ihre Zukunft zu stellen, hysterische, verzweifelte Mütter, die das Blutopfer ihrer Söhne lobpreisen (… am Ende hat gar die Mutter, dachte er, die Mutter der beiden Mädchen …). Flugzeuge, die zu Kampfraketen, Autos, die zu Sprenggranaten, Menschen, die zu Bomben werden, Barbarei, Hass, die widerwärtige Arroganz bärtiger Glaubensmänner, die den Inszenierungen, dem Zynismus und den Irrlehren von angeblichen Gerechtigkeitskämpfern erliegen, die sich in Wahrheit nur die Taschen vollstopfen und lügen, dass sich die Balken biegen, kurz – im höchsten Grade lächerlich und abstoßend. Und obendrein niemanden, auf den man diese Last abwälzen könnte, weil das nicht mehr funktioniert.

Nur die Menschen, die Menschheit und man selbst; das war's.

Schlaff und ermattet saß er auf dem Sofa und sah erstaunt, verloren aus dem Fenster ins leuchtende Abendrot. Die grobe pflaumenfarbene Krawatte steckte noch immer zwischen den beiden Knöpfen im Hemd. Er hatte sie nach seinem Besuch in Le Temple nicht mehr herausgezogen. Und nun der Anflug eines schwermütigen, dümmlichen Lächelns: ›Ich bin ein Affe. Wir sind alle Affen. Und natürlich gibt es keinen Gott …‹ Himmel, hatte mir das gut getan, diese Zeilen zu lesen. Damals hatte es ihn irgendwie getröstet. Warum, konnte er nicht mehr genau sagen, obwohl er sich gern wieder an die Gründe erinnert hätte. Er brauchte sie. Er wollte seine Laune mit einem guten Satz wieder aufhellen.

In dieser Geschichte mit den Affen, dachte er, liegt letztlich ein gewisser Edelmut … auf jeden Fall eine tröstliche Bescheidenheit. Schluss mit den pompösen Genealogien und theatralischen Eschatologien … Er hielt noch immer den Packen Briefe und Prospekte in der Hand. Wir sitzen alle im selben Boot, und hier ist unser Problem: Die Wechselfälle eines traurigen Tieres, das irgendwo im leeren Raum auf einer winzigen Kugel herumirrt. Bloß ein großer Affe … Das erklärt alles! Der Arme, verloren auf seiner Kugel voller Grünzeug in Gesellschaft anderer Tiere und anderer großer Affen, die ihm ganz ähnlich sind … mit einem Unterschied: eine zufällige Überentwicklung des Gehirns – aufgrund einer unvorstellbaren, absurden Reihe von biologischen Würfelwürfen, nicht mehr und nicht weniger! Und diesem eigenartigen Phänomen, dessen Spielball er ist, hat er den Namen Geist gegeben. Bewusstsein … Damit ist er freilich noch hilfloser als die anderen Affen. Ein Waise … Die vage Anwandlung, seine Post durchzusehen, überkam ihn wieder. Er sortierte den Stapel nach Werbung und Briefen, warf die Prospekte neben das Sofa und behielt nur die Rechnungen in der Hand, ohne eine einzige zu öffnen. Er ging sie bloß durch, ohne sie anzusehen (er dachte: ein richtiger Waise …), ohne dass er hätte sagen können, woher sie kamen, noch, wer der Absender war, bis er sie schließlich ebenfalls mit schlaffer Handbewegung beiseitelegte.

Ein armer Affe, dachte er, der wegen seines Bewusstseins, das nicht mehr ist als ein Regenbogen, ein Hologramm, eine optische Täuschung, gefangen außerhalb seines Käfigs …

Instinktiv wandte er den Kopf zum Korridor, der zu den Schlafzimmern führte, und sah sie. Sie stand schon seit einer ganzen Weile da. Er zuckte nicht einmal zusammen. Seine Augen verrieten keinerlei Überraschung; er brauchte nur ein paar Sekunden, um zu reagieren: »Ach! Sie sind noch da!«, sagte er schließlich. Sie rührte sich nicht, sondern sah ihn bloß mit demselben verschüchterten und schamerfüllten Gesicht eines Kindes an, das auf Vergebung wartet, fragend und beunruhigt. Das Blut hatte sie mittlerweile abgewaschen, doch die Lippen, die Nasenspitze und die Braue waren noch leicht geschwollen und bläulich, was ihre fahle Schönheit noch bizarrer erscheinen ließ; die Augen waren noch gerötet vom Weinen; das dünne Kleid, das ganz zerknautscht und dessen Saum am Schenkel hochgerutscht war, spannte sich in aufreizender Weise über Hüften, Bauch und Brüsten.

Einen Augenblick schwiegen sie sich an.

Mühsam erhob er sich aus dem Sofa und lächelte. »Geht es Ihnen besser?«, fragte er unbeholfen. Sie nickte kaum merklich. »Gut«, sagte er unsicher und zaudernd. Er wusste nicht, was er sagen oder tun sollte – offenbar eine verspätete Folge seiner Überraschtheit. Draußen wurde es allmählich dunkel.

»Haben Sie angerufen?«

Sie schüttelte den Kopf. Er wirkte plötzlich betrübt.

»Ja, aber … bei den derzeitigen Ereignissen … wäre es da nicht besser? Nein? … Er macht sich vielleicht Sorgen … Ich meine …«

»Ich habe keine Lust …«

»Ja … Sicher … Das verstehe ich. Aber trotzdem … Womöglich glaubt er … ich meine, er könnte doch annehmen, dass … Ich denke, es wäre besser, wenn Sie ihn anrufen … Hhm? … Oder soll ich es tun? Wäre es Ihnen lieber, wenn ich anrufe und Ihnen dann den Hörer reiche?«

»Ja«, antwortete sie tonlos, »das wäre mir lieber …«

»In Ordnung. So machen wir's. Ich rufe ihn an, rede ein paar Worte mit ihm, und dann gebe ich ihn Ihnen … Einverstanden? … Gut …«

Er hob das Telefon vom Boden auf und lief hinüber zum Tisch. Nachdem er das Telefonbuch unter einem Stapel Papier herausgefischt hatte, schlug er es mit einer Hand auf und suchte nach der Nummer. Er war nicht einmal auf die Idee gekommen, die Frau danach zu fragen.

Da. Brunel. Er wählte die Nummer.

Dann drehte er sich um, hielt den Apparat in der einen Hand und den Hörer mit der anderen ans Ohr. Sie hatte sich auf das Sofa gesetzt und blickte ihn an.

»Hallo? Brunel? Hier Bélouard. Der Tierarzt … Bélouard … der Tierarzt … Chaplin … Ja. Genau. Hören Sie, ich rufe an, weil Ihre Frau hier ist … Ihre Frau … Ja, bei mir … Ich habe sie heute Nachmittag am Straßenrand gefunden. Sie war verletzt … Ja, ich habe sie verarztet … Nein, nein … Doch. Sie möchte Sie sprechen. Ich gebe sie Ihnen.«

Er war während des kurzen Gesprächs auf das Sofa zugegangen, reichte ihr den Hörer und stellte den Apparat auf die Sofalehne. Dann blieb er mit bangem Blick vor ihr stehen, ohne sich zu rühren, ohne sich seiner Indiskretion bewusst zu werden. Sie hielt den Hörer eine ganze Weile wortlos ans Ohr. Dann flüsterte sie: »Ja …«; und kurz darauf: »Weil ich keine Lust habe zu reden …« Erst da merkte er, dass er aus dem Raum gehen sollte, dass es sicher besser wäre, wenn er aus dem Raum ginge. Er lief hinüber in sein Schlafzimmer. Es lag im Dunkeln. Er schaltete das Licht an.

Auf der Tagesdecke, die über das ungemachte Bett geworfen worden war, konnte man noch den Abdruck eines Körpers erkennen. Sie hatte sich dorthin gelegt; vielleicht hatte sie versucht zu schlafen. Da hat man mal eine Frau im Bett und liegt selbst nicht drin, dachte er und knipste das Licht aus. Er ging zurück in den Flur und schlüpfte ins Bad, wo er einen Waschlappen nass machte und sich damit übers Gesicht fuhr. Weil es der einzige Raum mit geschlossenen Fensterläden war …, dachte er. Weil sie Dunkelheit braucht, um ihre Scham über die Schläge zu verbergen … Er trocknete sich das Gesicht ab, zog seine Krawatte wieder aus dem Hemd, zuckte unmerklich mit den Schultern und betrachtete sich im Spiegel.

Dann fragte er sich, ob er wohl wieder ins Wohnzimmer könne, stellte sich an die Tür und horchte.

Nichts. Nicht das leiseste Murmeln.

Also ging er zurück. Er hörte, wie etwas hinunterfiel, und in der Tat war sie gerade dabei, das Telefon aufzuheben und es wieder auf die Lehne zu stellen, als er ins Wohnzimmer trat.

»Na?«, fragte er. »Fertig?«

»Ja …« Langsam und schwerfällig stand sie auf und sah ihn erneut mit waidwundem Blick an.

»Und nun? … Werden Sie nach Hause zurückkehren?«

Sie schüttelte den Kopf. Erneutes Schweigen.

»Was wollen Sie tun?«

4

Gegen zwanzig Uhr fuhr er von Le Temple nach Hause. Zur Melkzeit hatten die Bauern einen Fernseher im Stall aufgestellt, um ja nichts von den Regionalnachrichten zu verpassen. Das Gerät war bis zum Anschlag aufgedreht, um das Muhen und den Lärm der Melkmaschine zu übertönen. Bélouard dröhnte noch der Kopf von all den albernen, sinnlosen Kommentaren. Er ließ sein Auto diesmal nicht in der Sackgasse stehen, sondern fuhr direkt zu sich nach Haus und parkte vor dem Gartentor. Seufzend langte er nach seiner Tasche. Draußen war es noch hell, die Luft war mild, und es war zweifellos ein sehr angenehmer Moment. Doch in seinem Fall war er sich da nicht so sicher.

Er lief die Einfahrt entlang, machte auf halbem Wege kehrt und ging seine Post aus dem Briefkasten holen. Es gab für ihn nichts Trostloseres als das Knirschen seiner Schritte auf dem Kies, wenn er abends nach Hause kam.

Er trat ins Haus. »Hallo!«, rief er. »Sind Sie noch da?« Die Post und die Werbung legte er auf eine Konsole im Korridor und stellte seine Tasche darunter. Dann ging er ins Wohnzimmer. Die große helle Fensterfront, die weißen Wände, die beiden Stühle, der überquellende Tisch (alter Papierkram, Zeitungen, Veterinärprodukte, mehrere

»Ich weiß es nicht ...«, sagte sie.

»Soll ich Sie irgendwo hinfahren? Zu jemandem ... aus Ihrer Familie?«

Wieder Kopfschütteln; Schweigen.

»Könnte ich nicht für diese Nacht hierbleiben?«, fragte sie schließlich kaum hörbar und zeigte dabei aufs Sofa.

»Äh ... ja, sicher ... natürlich ... Wenn Sie wollen ... kein Problem ... Ich werde Ihnen ein Bett herrichten.«

Obwohl sie ihm versichert hatte, dass ihr das Sofa völlig ausreichte, überließ er ihr das kleine Zimmer, das nach hinten hinausging, mit Blick in die Landschaft.

»Ich hoffe, die vielen Bücher machen Ihnen nichts aus«, sagte er. An der Wand stand ein überquellendes Bücherregal. »Mir nämlich schon. Ich kann nicht in einem Zimmer mit so vielen Büchern schlafen. Sie ersticken mich. Na ja, zumindest stören sie mich. Sie nicht? ... Gut. Dann werden Sie sich hier hoffentlich wohlfühlen.«

Er lief mehrmals ums Bett herum und zog mit linkischen Handgriffen die Laken glatt. Dabei fühlte er sich plötzlich ganz leicht – als sei sein Bäuchlein auf einmal schmaler geworden. Derweil stand sie wie angegossen in der Tür und sah ihm zu.

»Jetzt machen wir noch die Fensterläden zu«, sagte er, »und dann bereite ich uns eine Kleinigkeit zu essen vor.«

»Ich habe keinen Hunger«, murmelte sie.

»Es ist ohnehin nichts Besonderes da. Wie wär's mit ein wenig Couscous? ... Hm? Couscous?«

»Ich weiß nicht ...«

»Hm! ...«, erwiderte er etwas betreten, fügte dann aber hinzu: »Es ist aus der Dose, aber trotzdem sehr gut ...«

Er schloss die Fensterläden.

»Na kommen Sie«, sagte er ermunternd.

Doch als er eine knappe halbe Stunde später ins Wohnzimmer zurückkehrte und, die Hand zur Trompete geformt, fröhlich »Tärää, Essen fertig!« rief, war sie nicht mehr da. Die Tür zu dem kleinen Zimmer am Ende des Flurs war zugezogen.

Es herrschte völlige Stille. Die Nacht war hereingebrochen.

Von wegen Tärää …, sagte er sich. Na ja, was für zwei reicht, reicht auch für einen …

5

Überall waren Polizisten. Allein auf den schmalen Landstraßen zwischen La Paquelais und Fay-de-Bretagne war er innerhalb einer halben Stunde dreimal von Männern angehalten und kontrolliert worden, denen man empfohlen hatte, misstrauisch zu sein. Jedes Mal hatte er dieselben Fragen beantworten müssen, und die Polizisten waren nicht zu Scherzen aufgelegt. Am Ende fand er sogar selbst, dass er mit seiner vielen Fahrerei, seinen Arztbesuchen auf den Bauernhöfen der ganzen Region, seinem Singledasein, seinem Ruf und seinem fehlenden Alibi den idealen Verdächtigen abgab.

Wie auch immer, diese Geschichte in Les Sauvignères sorgte in der Gegend mächtig für Trubel. Zumal die Polizisten am Vorabend, einem Dienstag, rund zwei Kilometer vom Bauernhof entfernt, in einer verlassenen Waldhütte eine fünfte Leiche gefunden hatten. Sie war völlig verkohlt (oder, wie ein leitender Polizist mittags verkündet hatte, »sorgfältig verbrannt worden …«) und daher nicht identifizierbar. Aber alles ließ darauf schließen, dass es sich um Geneviève Mangin handelte. Diese Neuigkeit rief sogar eine gewisse Erleichterung bei denen hervor, die sich über die mögliche Täterschaft der Mutter entsetzt hatten. Eine merkwürdige Erleichterung, gewiss. Aber immer noch besser als der furchtbare Verdacht, der immer schwerer auf ihr gelastet hatte, seitdem bekannt geworden war, dass es sich bei dem Irren von Les Bourdelettes – der am ersten Tag hatte herhalten müssen – wohl doch nur um einen hochsensiblen Blümchenpflücker handelte. Auch wenn natürlich jeder das Recht hat, Blümchenpflückern gegenüber misstrauisch zu sein, insbesondere wenn sie als *hochsensibel* gelten.

Aber das Protestgeschrei des Mannes während der Personenüberprüfung, die auf ziemlich chaotische Weise in einer Allee in Les Bourdelettes vonstatten gegangen und in den Abendnachrichten zu Millionen von Fernsehzuschauern übertragen worden war, hatte eher für Verunsicherung gesorgt, ja man hatte es als regelrecht beschämend empfunden. Denn sein Geschrei verriet nur Unschuld, Angst und Arglosigkeit. Abgesehen davon, dass in denselben Nachrichten erste Zeugen bestätigt hatten, ihn in der Umgebung von Guémené gesehen zu haben, während er friedlich Margeriten und Klatschmohn gepflückt hatte – also weit entfernt von Les Sauvignères und völlig außer Reichweite jenes Messers oder Schaufelstiels, mit dem Pierre Mangin überwältigt worden war. Im Übrigen erfuhr man mittags, dass er wieder nach Les Bourdelettes zurückgekehrt war, nachdem man ihn im Laufe des Vormittags auf freien Fuß gesetzt hatte – ein Begriff, der angesichts der Tatsache, dass der arme Mann gleich darauf wieder in die Anstalt gesperrt wurde, vielleicht nicht ganz treffend war.

Was die fünfte Leiche anging, würde man ohnehin auf das Ergebnis der Obduktion warten müssen, hatte der Polizist erläutert.

»Heh, Bélouard!«

Breitbeinig und mit stolz geschwellter Brust war der Alte auf den Kombi zugegangen; mit seinen kleinen Wieselaugen und dem hämischen Grinsen markierte er wie üblich den starken Mann. Gelblich-graue Haarbüschel schauten aus dem Ausschnitt seines einst weißen, nun aber ebenfalls gelblichen Unterhemds hervor, das obendrein fleckig war. Er reichte ihm die Hand und schob dabei die Schulter vor.

»Na, wie geht's?«

»Ganz gut. Und Ihnen?«

»Es muss, es muss ... Aber das Pferdchen ist nicht ganz auf dem Damm. Unser Sohnemann wollte gestern Abend mit ihm ausreiten und einen Abstecher zu Pasquier machen, doch kaum waren sie unterwegs, hat sich der verflixte Gaul langgelegt ... und der Junge gleich mit ...«

»Na, dann wollen wir uns das mal ansehen«, sagte Bélouard und schlüpfte in seine Stiefel. Sie liefen über den Hof – vorbei an alten, baufälligen, nur notdürftig ausgebesserten Gebäuden neben anderen aus unverputztem Leichtbaustein, gerade erst fertiggestellt und mit Wellblech zugedeckt, auf dem Autoreifen lagen; vorbei an dem verrosteten Gehäuse eines Lieferwagens, dessen Radachsen halb im Schlamm eingesunken waren und der nun als Verschlag diente. Er sah aus wie ein riesiger alter Schädel. Das alles strahlte nicht nur eine tiefe Sehnsucht nach einer längst versunkenen und entstellten Vergangenheit aus, sondern vor allem Trostlosigkeit, Verlassenheit sowie völliges Desinteresse gegenüber allem, was das Leben erträglicher oder zumindest lebenswert machen könnte. Alles hier wurde von einem einzigen Gedanken regiert: Geld zu verdienen, das man anschließend zur Bank tragen konnte.

Und vom Schlamm; vom Wasser, das zu dieser Jahreszeit förmlich aus dem Boden sickerte.

Sie kamen an eine kleine eingezäunte Koppel, die eine Senke bildete. Daneben stand ein Schuppen aus rotem Backstein, der an das Hauptgebäude grenzte. Die Koppel war kaum größer als ein Schweinepfuhl, und das Pferd stand bis zu den Fesseln im Wasser.

»Da ist es«, sagte Monge.

Bélouard zwängte seinen Bauch durch die Bretter des Zauns.

Langsam ging er auf das Pferd zu. Es war ein kleiner hellbrauner Berber mit Beinen wie eine Tänzerin, der trotz der angelegten Ohren sehr sanft war. Bélouard untersuchte das Pferd sorgfältig, tastete ihm die Beine ab, hob sie an und legte ihm die Hand auf die triefenden Hufe. Dann kraulte er ihm die Stirn, worauf es den Kopf ein wenig zur Seite neigte. Seine Augen sahen aus wie zwei große schwarze Murmeln voller Träume. »Na, du siehst auch so aus, als wärst du ein Blümchenpflücker … hhm, mein Guter?«, raunte er ihm zu. Und dann zu Monge gewandt:

»Wie lange steht es schon da?«

»Mein Sohn hält es hier.«

»Und was frisst es?«

»Heu. Und den eingeweichten Hafer, den ihm mein Sohn täglich gibt.«

»Hafer?«

»Ja.«

»Wie viel?«

»Weiß nicht. Vielleicht einen halben Eimer …«

Er tätschelte das Pferd am Hals. Dann schlüpfte er wieder durch den Zaun und stellte sich zu Monge vor die Koppel.

»Ihr Sohn ist dabei, es umzubringen. Das müssen Sie ihm sagen … Einem solchen Pferd darf man keinen Hafer geben. Das ist, als würde man Äther in einen Traktor kippen. Ihr Sohn muss damit aufhören. Außerdem sollte er es woanders hinbringen; es darf nicht mit den Hufen im Wasser stehen, das ist ohnehin nie gut, aber erst recht nicht, wenn das Pferd Hufrehe hat. Er muss ein trockenes, ruhiges Plätzchen für das Tier finden.«

»Das wird schwierig, hier … Außerdem machen Pferde alles kaputt.«

»Es muss ja nicht gleich eine Weide sein. Das Pferd braucht nicht einmal Gras zu fressen. Ein bisschen Heu, das genügt, bloß kein zu reichhaltiges Futter. Das Beste wäre, es für einige Zeit an einem sauberen, geschlossenen Ort unterzubringen …«

»Aber nicht im Haus …«, sagte der Alte grinsend und bleckte dabei ein paar verfaulte Zähne. »Apropos Haus, kennen Sie den schon? … Den Witz mit den beiden Alten, die einen kranken Ziegenbock haben … Sie rufen den Tierarzt – wie Sie. Und fragen ihn, was ihm fehlt. Der Doktor sieht sich den Ziegenbock an, untersucht ihn, und nach einer Weile sagt er: ›Der Ziegenbock ist einfach zu alt. In seinem Alter darf er nicht mehr draußen stehen. Er muss ins Warme …‹ ›Ja gut‹, erwidern die beiden Alten, ›aber wo wollen wir mit ihm hin? … Vielleicht ins Schlafzimmer?‹ ›Ins Schlafzimmer‹, ruft der Tierarzt, ›das ist doch wohl nicht Ihr Ernst! Denken Sie nur an den Geruch!‹ ›Der Geruch, der Geruch‹, gaben die Alten zurück, ›was denn noch alles? Daran wird er sich halt gewöhnen müssen!‹« Monge brach in lautes Lachen aus. Bélouard lächelte, während er an den kleinen hellbraunen Berber dachte und sich das

Schlafzimmer von Monge vorstellte. »Der ist gut, was? … Wie wär's, soll ich Ihnen noch ein Gläschen anbieten?«

»Nein, nein. Danke … Sie brauchen ihm ja nicht gleich Ihr Schlafzimmer aufzudrängen, aber wenigstens die Füße sollte er im Trocknen haben. Und vor allem: keinen Hafer mehr! Natürlich darf Ihr Sohn das Pferd auch nicht mehr reiten, bis es wieder gesund ist… Es hat Hufrehe. Das braucht seine Zeit. Kommen Sie, lassen Sie uns zum Auto zurückgehen. Ich verschreibe Ihnen ein paar Sachen, die Sie ihm geben sollen.«

Während sie den Hof überquerten, biss sich der Alte auf die Unterlippe. Das Lachen war ihm vergangen.

»Die Sache wird doch hoffentlich nicht ausufern … Ich habe dem Jungen gleich gesagt: Er soll aufpassen, dass sein Spielzeug nicht anfängt, teuer zu werden.«

»Nein, keine Sorge. Geben Sie ihm Natriumbikarbonat … mit dem Hafer werden Sie letztlich sogar Geld sparen. Ist Philippe da?«

»Nein, er ist auf dem Feld.«

»Wo genau?«

»Weiß nicht. Er hat mir heute Nachmittag nicht gesagt, wohin er wollte.«

»Na, dann erkläre ich Ihnen, was gemacht werden muss. Und Sie richten es ihm aus, ja …? Ist nicht weiter kompliziert …«

»Junge, Junge … Haben Sie das gesehen in Les Sauvignères?«, rief Monge unvermittelt, als erinnere er sich auf einmal, dass die Welt auch Anlass zur Zerstreuung bietet.

Bélouard nickte gedankenverloren.

»Zweimal ist die Polizei heute vorbeigekommen. Zweimal!«

Sie gingen auf den Kombi zu. Der Hund des Bauern pinkelte gerade gegen einen Reifen. Als sie näher kamen, verzog sich der Hund und lief zurück zu seiner Hütte.

Armer Kerl, dachte Bélouard etwas später auf der Landstraße. Natürlich meinte er den kleinen isabellfarbenen Berber. Das Pferd hat es eher schlecht getroffen ... Dieser Bauer ist so feinfühlig wie ein Holzklotz und so aufgeblasen wie ein Ochse ... Philippe ist vielleicht nicht ganz so schlimm, ein wenig sensibler, sanfter, na ja, obwohl ... Was Demütigungen und Kurzschlusshandlungen angeht ... Sein Spielzeug sollte ihn besser kein zweites Mal abwerfen. Sonst ... aufgeblasen wie die Ochsen ... dass diese Gockel sich immer so aufplustern müssen, immer ziehen sie ihre große Show ab: »Wenn es einer wagen sollte, mir dumm zu kommen auf meinem Land – da sollte mich mal einer sehen!« Armer Trottel! Seit fünfzig Jahren führt man dich jetzt schon an der Nase herum, dafür braucht's nicht einmal die Polizei. Für dich hat ein roter Traktor mit einem Maximum an Pferdestärken und Antriebsrädern gereicht ... Aber wenn man vom Teufel spricht ...

Er nahm den Fuß vom Gaspedal. Weiter vorn wurden zwei Autos an den Straßenrand gewunken. Ein blauer Kombi und ein Lieferwagen; ein Teil der Polizisten war mit Maschinengewehren bewaffnet. Einer winkte auch ihn heran. Bélouard fuhr langsamer und setzte den Blinker. Der Polizist beugte sich zu ihm herunter, und als er durch die Windschutzscheibe sein Gesicht erkannte, gab er ihm mit einer ausladenden Armbewegung zu verstehen, dass er weiterfahren könne.

6

Er war gleich zur Küche durchgegangen, um dort seine Einkaufstüten auf dem Tisch abzustellen. Dann ging er zurück in die Diele und trat ins Wohnzimmer, das in ein gleißendes Nachmittagslicht getaucht war. Die Frau war nicht da. Einen Augenblick blieb er verdutzt stehen und sah sich in dem Raum um, der in dem harten Licht noch leerer und unaufgeräumter wirkte als sonst. Dann ging er hinüber zum Flur, der zu den Schlafzimmern führte.

Eines Tages würde er sich dazu durchringen müssen, hier ein wenig Ordnung reinzubringen.

»Hallo!«, rief er leise, als er den Flur betrat. Die Tür zu dem kleinen Zimmer war verschlossen. Er ging in sein Schlafzimmer und suchte im Schrank nach ein paar Sachen, um sich umzuziehen, Cordhose und Hemd. Bei den Monges hatte er sich mit Schlamm bespritzt. Die leben in dem reinsten Drecksloch … der ganze Hof ist ein einziger Sumpf, und das nur, weil sie irgendwann auf die großartige Idee gekommen sind, einen Großteil der Hecken und alles, was bis dahin das Wasser der Ländereien ringsumher getrunken hatte, wegzuschneiden. Dabei hatte sie gar nichts dazu gezwungen, sondern sie waren einfach nur einem schlechten Rat gefolgt; um die Produktion zu erhöhen, immer weiter zu erhöhen … Und heute kippen sie ihre

Milch auf den Misthaufen, lassen ihre Äcker brachliegen und werden auch noch dafür bezahlt. Tja, wer den Schaden hat, hat auch den Spott. Und ihren tollen roten Traktor müssen sie auch noch abstottern ... Er hatte sich rasch umgezogen. Mit offenem Hemd kam er aus dem Zimmer. Ob sie wohl schläft?, fragte er sich in dem dunklen Flur und warf einen raschen Blick auf die verschlossene Tür, bevor er ins Bad ging.

Dort sah er es. Seine erste Reaktion war eigenartig: Wie erstarrt blieb er vor dem Waschbecken stehen und drehte sich dann ganz langsam zur Badewanne um, wie in der Zeitlupe eines Traums. Er rieb sich die Augen. Dort auf dem Badewannenrand lag es: das geblümte Kleid, daneben ein Höschen aus billigem schwarzen Satin und zwischen den beiden: ein weißer BH. Ihre Sachen. Die sie gewaschen und sorgfältig nebeneinander zum Trocknen über den Badewannenrand gelegt hatte. Vermutlich hat sie im Augenblick nicht allzu viel auf dem Körper, sagte er sich. Für ein paar Sekunden blieb er wie gebannt stehen. Dann riss er sich aus der Erstarrung. Gut, gut ..., sagte er sich, zumindest ist das eine einleuchtende Erklärung, warum sie vorhin nicht gleich aus dem Zimmer geeilt kam ...

Er machte sich kurz frisch und knöpfte sein Hemd zu.

Dann ging er in die Küche zurück.

Er war schon eine ganze Weile damit beschäftigt, aufzuräumen und abzuwaschen, als sie schließlich auftauchte. Sie machte nicht mehr so stark den Eindruck eines waidwunden Tiers, wirkte aber verstört, erschöpft und verhärmt zugleich. Ihr Gesicht hatte wieder menschliche Züge angenommen: Die Nase und die Lippen waren nicht mehr so geschwollen (auch wenn der kleine schwarze

Schnitt noch deutlich zu sehen war), und auch das Veilchen auf dem rechten Auge schien zu verblassen. Aber sie wahrte noch immer ihr hartnäckiges, verstörendes Schweigen. »Na, wie geht es heute?«, fragte er.

»Es geht …«

»Ich habe Sie heute Morgen hoffentlich nicht geweckt, als ich das Haus verlassen habe?«

»Nein …« Doch hatte sie einen Augenblick gezögert, als hätte sie die Frage nicht gleich verstanden.

»Gut…«, sagte er und fügte etwas dümmlich hinzu: »Dann mach ich hier mal ein bisschen Ordnung …«

Mit tonloser Stimme, und ohne sich zu rühren, erwiderte sie:

»Soll ich Ihnen helfen?«

»Nein, nein … das ist nett … aber ich bin schon fast fertig. Danach zaubere ich uns eine kleine Mahlzeit. Ein Geheimrezept.« Er lächelte sie an. »Und wenn Sie heute Abend hier essen, werden Sie sehen, warum man ein solches Rezept besser geheim hält …«

Das durchdringende Läuten eines Telefons erklang. Die Frau zuckte zusammen. Es kam aus dem Wohnzimmer; davon abgesehen gab es kein anderes Telefon im Haus. Bélouard entschuldigte sich und lief hinüber, kehrte jedoch gleich wieder zurück.

»Es ist für Sie«, sagte er.

In der Zwischenzeit hatte sie sich an das gardinenlose Fenster gestellt und starrte hinaus in die Landschaft.

Sie wandte sich um. Er lächelte.

»Es ist für Sie …«, wiederholte er.

Ohne Eile ging sie zum Telefon.

Derweil holte er das Gemüse aus dem Kühlschrank,

setzte sich auf seinen Hocker und fing an, auf der Resopalplatte des Küchentischs das Gemüse zu schälen. Er schälte es, ohne irgendeinen klaren Gedanken fassen, ja ohne an etwas anderes denken zu können als an die Tatsache, dass er Gemüse schälte. Bestenfalls waren da noch ein paar kreisende Gedanken an den bestürzten Mann, mit dem er eben gesprochen hatte, und an das, was er ihm gesagt hatte. Er hat mich gefragt, wie es ihr geht, als stünde nun fest, als sei es völlig normal, dass er derartige Dinge fortan von mir erfährt … Derlei ging ihm durch den Kopf, während er zwei weitere Zucchini in Scheiben schnitt. Die Frau tauchte nicht wieder auf. Er kümmerte sich um die Zubereitung seiner Mahlzeit. Was hieß, dass er ein paar Wurststückchen und Curry in den Kochtopf gab, in dem bereits das Gemüse schmorte. Dazu kochte er mal Reis und mal Nudeln. Diesmal hatte er Reis gekauft. Schließlich ging er aus der Küche.

Sie war nicht im Wohnzimmer. Das Telefon stand auf der Sofalehne. Gut …, dachte er und sah auf die Uhr. Dann werde ich mich mal wieder zwei Stunden langweilen müssen …

Als er es endlich wagte, an die Tür des kleinen Zimmers zu klopfen, war es halb neun. Der Flur lag schon im Dunkeln. »Klopf! Klopf!«, rief er und pochte schüchtern an die Tür, »das Abendessen ist fertig … Klopf! Klopf! Sind Sie noch da?… Das Abendessen ist fertig …« Er blieb wie angewurzelt vor der Tür stehen. Irgendwann muss sie doch etwas zu sich nehmen …, dachte er. Irgendwann muss sie doch etwas zu sich nehmen … Er kratzte noch ein wenig an der Tür. »Wissen Sie … ich denke, Sie haben seit gestern nicht viel im Magen … Sie sollten vernünftig sein und eine Kleinigkeit essen. Auch wenn Sie keinen Hunger haben … Tja. Also ich geh dann mal.« Er entfernte sich wieder, durchquerte das Wohnzimmer und die Diele. Der Tisch war hübsch gedeckt. Vielleicht hat sie ganz einfach keine Lust, mit jemandem gemeinsam zu essen, jemandem gegenüberzusitzen, der sie anschaut und mit ihr spricht. Vielleicht will sie einfach allein sein … Natürlich … Gerade hatte er sich überlegt, ihr eine Portion auf einem Tablett vor die Tür zu stellen, als sie letztlich doch noch erschien. »Ah! Da sind Sie ja!«, sagte er. »Gut! Hier, setzen Sie sich doch. Setzen Sie sich dorthin.« Er nahm ihren Teller, tat ihr eine große Portion Reis auf und dazu eine Kelle von seinem Gericht. Dann tat er sich selbst auf. »Ja, na dann, guten Appetit«, sagte er und setzte sich.

Sie tat sich nur wenig Reis auf die Gabel, führte diese dann langsam an den Mund und begann bedächtig und aufmerksam zu kauen. Dasselbe wiederholte sie mit einem Häppchen Ratatouille und einem Stück Wurst, ganz so, als würde sie eine völlig neue Erfahrung machen und erstmals entdecken, dass die Dinge, die sie sich in den Mund tat, nicht nur zur Ernährung dienten, sondern auch Geschmack besaßen. Bélouard verbarg einen Hauch von Verlegenheit hinter einer jovial zur Schau getragenen Befriedigung zu essen und stopfte sich mit Weißbrot voll, wagte es aber nicht, irgendetwas zu sagen. Er hatte das Fenster geöffnet, um die Küchengerüche zu vertreiben; hinter der Hecke hörte man einen Eichelhäher rufen.

»Schmeckt gut …«, sagte sie.

»Na ja, es ist nichts Besonderes, aber es ist mit Gemüse … Tut es Ihnen weh?« Mit einer kreisenden Bewegung des Zeigefingers vor dem eigenen Gesicht deutete er auf ihre Verletzungen.

»Nein«, sagte sie. »Überhaupt nicht. Es juckt nur ein wenig …«

Ein winziges Lächeln huschte über ihr Gesicht, während sie ihn ansah.

»Na, umso besser«, sagte er.

Draußen begann es zu dämmern. Der Eichelhäher krächzte unermüdlich weiter. Bélouard stand auf und tat sich eine weitere Portion auf.

Sie hatte ihr Essen kaum angerührt.

»Und … äh …«, er legte die linke Hand in Form eines Telefonhörers an Mund und Ohr, »wie ist es gelaufen?« Sie zuckte mit den Schultern. »Ich dachte, er hätte damit aufgehört? Zumindest schien mir, als hätte ich das gehört … nicht?«

»Es war schon lange nicht mehr vorgekommen …«

Er machte ein kleines missmutiges Geräusch mit der Oberlippe.

Doch er wagte nicht, noch länger über die Sache zu reden, denn sie hatte mit dem Essen aufgehört. Schlagartig. Mit gesenktem Blick schob sie eine kleine Portion Reis auf dem Teller hin und her.

»Stört es Sie, dass ich hier bin … Wäre es Ihnen lieber, wenn ich gehe?«

Verdutzt blickte er sie an.

»Aber nein! Überhaupt nicht! Das habe ich doch nicht gemeint. Es stört mich nicht im Geringsten, dass Sie hier sind … Ich habe mir nur Sorgen um Sie gemacht, das ist alles … aber es stört mich wirklich überhaupt nicht … Sie können so lange bleiben, wie Sie wollen … Ich meine nur … es muss irgendwann wieder in Ordnung kommen …« Sie stocherte mit der Gabel in ihrem Reis herum.

Mit einem Räuspern fügte er hinzu: »Vorhin am Telefon wirkte er ziemlich kleinlaut. Er bereut sicherlich, was er getan hat ... Am Ende wird er es vielleicht einsehen ... nach all den ...«

Ihr Blick verhärtete sich, sie sah ihn finster, ja fast feindselig an. Der Eichelhäher verstummte. Es herrschte eisiges Schweigen.

»Tja ... das ist natürlich ein großartiges Argument, nicht wahr? ... *nach all den* ... Man merkt gleich, dass nicht *ich* mir die Schläge eingehandelt habe.« Er lächelte beschämt. »Die Entscheidung liegt bei Ihnen ... aber Sie sollten noch ein wenig essen, bevor es kalt wird.«

Er aß weiter. Und schließlich auch die Frau – wenn auch nur in kleinen Happen. Eine friedliche und melancholische Stimmung erfüllte den Raum; nach einer Weile fing Bélouard wieder an zu erzählen:

»Ich habe heute Morgen einen Boxer behandelt ...«, sagte er. »Sie kennen doch diese Hunderasse? Mittelgroß, helles, kurzes Fell und plattgedrückte Nase, so als seien seine Vorfahren schon immer kurzsichtig gewesen ... Sie wissen schon ...« Sie nickte. »Ich musste das Tier vor zwei Wochen am Auge nähen, weil es eine Platzwunde am Kopf hatte. Heute Morgen sollten die Fäden gezogen werden ... Er sah wirklich zum Schießen aus, allein schon wegen des Trichters, den man den Tieren um den Hals bindet, damit sie sich nicht kratzen können. Wie ein Lampenschirm ... Das war schon den Anblick wert. Insbesondere wenn man in den exotischen Blütenkelch hineinschaut und drin die völlig verdatterte Hundeschnauze erblickt, die wie ein breiter, etwas verkrüppelter Stempel aussieht. Ich kann Ihnen sagen, ein Bild für Götter ... Aber das Komischste an der Geschichte ist, wie es dazu gekommen war. Soll ich es Ihnen erzählen? … Essen Sie noch?«

Sie schüttelte den Kopf.

»Es hat sehr gut geschmeckt…«, sagte sie.

»Möchten Sie einen Nachtisch? … Obst? … Joghurt? … Einen Karameljoghurt? … Nein? … Kaffee? … Auch nicht? … Na gut … ich werde mir aber einen machen.« Eilig verschlang er den Rest auf seinem Teller und stand dann auf. »Ich mache mir einen Kaffee«, wiederholte er. »Und dabei erzähle ich Ihnen meine Geschichte von dem Boxer, einverstanden?«

Die Frau erhob sich ebenfalls und begann den Tisch abzuräumen. »Nein, nein, lassen Sie mal«, sagte er. »Das erledige ich später.« Aber sie ließ sich nicht beirren, also ging er ihr zur Hand. Sie stellten das Geschirr neben das Waschbecken. »Oh, ich habe Ihnen nicht einmal etwas zu trinken angeboten«, bemerkte er, als er die sauberen Gläser sah. »Möchten Sie einen Schluck Wein?« »Nein«, erwiderte sie. »Wasser …« Er reichte ihr ein Glas, das sie unter den Wasserhahn hielt. Dann ließ sie ein Spülbecken volllaufen.

»Aber«, rief er, »Sie werden doch wohl jetzt nicht den Abwasch machen!« und stellte sich neben sie. »Nein. Lassen Sie mich das machen.«

»Sie haben doch schon gekocht«, protestierte die Frau.

»Na und?«

»Dann kann ich doch den Abwasch machen …«

Mit seinem niedergeschlagenen breiten Gesicht blieb er neben ihr stehen. Sie schien sich jedoch partout nicht vom Waschbecken fortbewegen zu wollen.

»Schon, aber Sie könnten sich ruhig ein wenig bedienen lassen …«

Am Ende kümmerte er sich wieder um seinen Kaffee. Er ging ein erstes Mal an ihr vorbei, um den alten Filter in den Mülleimer unter dem Fenster zu werfen, lief zurück und stellte sich neben sie und hielt ihr die Kanne hin. Sie nahm sie ihm aus der Hand und füllte sie mit Wasser auf, das er dann in die Maschine goss. Als das Waschbecken voll war, fügte sie ein paar Tropfen Spülmittel hinzu. Er betrachtete sie aus dem Augenwinkel. Die Dämmerung senkte sich langsam herab, aber es war noch nicht so dunkel, dass man das Licht anschalten musste. Mein Gott! Was macht sie eigentlich hier?, fragte er sich plötzlich. Jäh stieß ihm auf, wie absurd die Anwesenheit dieser Frau war, die hier in seiner Küche stand und abspülte, als sei es das normalste der Welt. Für einen kurzen Moment war es ihm sogar ein wenig unangenehm. Sie hatte sich gebückt, um die Reste auf ihrem noch halbvollen Teller in den Mülleimer zu werfen; dann richtete sie sich wieder auf und legte den Teller ins Waschbecken. Mein Gott!, sagte er sich. Für einen Augenblick hatten sich die beiden weichen, geschmeidigen, bebenden Backen ihres Hinterns deutlich unter ihrem Kleid abgezeichnet. Das Bild von diesen beiden Rundungen stand ihm nun vor Augen und ließ sich nicht mehr auslöschen, ja ihm war, als könne er das Beben dieser Backen beinahe spüren, und über die entsprechende Stelle legte sich die Erinnerung an das schwarze Satinhöschen, das er am Nachmittag im Bad gesehen hatte. Diese mächtige Verlockung nahm ihn vollständig in Besitz, sodass er sich ein paar Minuten lang wie ein ausgehungerter Fuchs fühlte, der in einen leeren Hühnerstall gesperrt wird, in dem noch der Geruch der Hühner schwebt – und zwar von dem Moment an, als er die Kaffeemaschine anschaltete, bis zu dem, da er sich wieder setzte, die Kaffeemaschine zu gurgeln begann und er darauf wartete, dass die Frau mit dem Abwasch fertig wurde. Der Gedanke, dass ihm etwas versagt bleiben sollte, das ihm von der Intensität her schier lebensnotwendig erschien, war ihm auf einmal unerträglich. Er wagte nicht mehr, sie überhaupt noch anzusehen. Nun gut ..., sagte er sich nach einer Weile, ich muss einfach an etwas anderes denken, dann geht es wieder vorbei ... Und in der Tat, es ging vorbei: Der Hühnerstall löste sich ebenso schnell wieder auf, wie er sich um ihn geschlossen hatte, und kurz darauf saß er wieder in der Küche und war der, der er sein wollte; und die Frau war, wie er sie sehen wollte; sie hatte das Wasser abgelassen und wischte gerade das Spülbecken mit einem Schwamm trocken. Er lächelte wieder, noch mit einem flauen Gefühl im Magen, aber befreit. Der Kaffee war durchgelaufen, er stand auf und schenkte sich eine Tasse ein.

»Und, soll ich Ihnen jetzt die Geschichte erzählen?«, fragte er fröhlich.

Sie schaute wieder hinaus in die Landschaft, über die sich allmählich die Nacht senkte; als sie sich umdrehte, stand ihr die Furcht ins Gesicht geschrieben.

»Ich fühle mich nicht ganz wohl ...«, murmelte sie kaum hörbar.

»Hm ... was fehlt Ihnen denn?«, fragte er.

Unmerklich schüttelte sie den Kopf. Es folgte ein seltsames, abwartendes Schweigen, dann lief sie aus der Küche und verschwand.

7

Ein neuer Tag brach an. Grau, rosafarben, golden, feucht … lautlos. Ein neuer Morgen. Badezimmer, Kaffee, Haustür, Kombi; das unaufhaltsame Verrinnen der Sekunden, die leeren Kreuzungen, die man nacheinander mit derselben Gleichgültigkeit, derselben unsinnigen und mechanischen Ungeduld überquerte. Supermarkt, Kreisverkehr, Kirchplatz, Sackgasse. Als würde man uns beutelweise Murmeln in die Hände schütten, dachte er. Am Ende der Straße, neben der Mauer, parkte er.

Worauf wartete er eigentlich so ungeduldig? Auf die Mittagspause? Auf den Nachmittag? Den Abend? Den nächsten Morgen? Einen noch späteren Zeitpunkt … Lächerlich. Für seine Ungeduld gab es keine Erklärung, bestenfalls das Leben selbst. Es war eine schmerzhafte, tief im Herzen eingebrannte Ungeduld, der alles durch die Hände rann, die sich am Geschwindigkeitsrausch der Zeit ergötzte; ein absurdes und sinnloses Verschlingen der Leere, das beharrlich nur ein einziges Ziel verfolgte: die eigene Leere zu füllen … Offenbar trieb einen diese Ungeduld manchmal auch zu seltsamen Dingen. Beispielsweise, seine Frau zu schlagen, vier, ja sogar fünf Menschen umzubringen (darunter zwei Kinder, zwei kleine Mädchen, die friedlich geschlafen hatten und deren Schmerz vielleicht bis in ihre

Träume gedrungen war, ohne ihnen die Zeit zu lassen, noch einmal die Augen zu öffnen …), weil auf einmal alles versperrt ist, das Wort *später* (heute Nachmittag, heute Abend, morgen früh …) plötzlich alle Wirklichkeit verloren hat und es offensichtlich keine andere Lösung gibt, als in das lebendige, warme Fleisch des Seins zu stoßen, hineinzuschneiden, um sich darin eine Pforte zu öffnen …

Er hatte die Kaffeemaschine angeschaltet, setzte sich in seinen Sessel und schlief fast augenblicklich ein.

Ein lautes Poltern an der Tür seiner Praxis weckte ihn. Ein Hund. Jemand brachte ihm einen Hund – einen Schäferhund, ein Mann trug ihn auf den Armen herein. Darum hatte er mit dem Fuß gegen die Tür treten müssen. Bélouard bat ihn herein. Im Raum roch es stark nach Kaffee. Sie legten den Hund, der (wie der Mann erklärte) etwas an der Pfote hatte, auf den Behandlungstisch, und Bélouard gab ihm ein Beruhigungsmittel. Dann schaltete er die Kaffeemaschine ab, wo der Kaffee in der Kanne schon halb verdunstet war. Es handelte sich um einen einfachen Wadenbeinbruch. »Ich habe nichts mitbekommen«, sagte der Mann, der den Kiefer des Hundes festhielt, »ich habe ihn nur aufjaulen hören. Aber da stand ich auf dem Dach meines Hauses … Er lag wie immer auf der Ladefläche des Lastwagens, und als ich kam, rührte er sich nicht; zuerst dachte ich, er sei tot … Vielleicht hat er sich die Pfote eingeklemmt … Glauben Sie, er wird wieder wie früher laufen können?«

»Ganz bestimmt«, sagte Bélouard.

»Er läuft so gern«, fügte der Mann hinzu.

»Alle Hunde laufen gern.«

»Ja, aber dieser hier …«

»Wirklich ein schönes Tier.« Bélouard gab dem Hund eine Narkosespritze, um den Bruch wieder einzurichten, und fertigte dann einen Gips an.

»Ich werde Ihnen ein Beruhigungsmittel mitgeben, für alle Fälle …«

»Ich gebe ihm nicht so gern Medikamente«, erwiderte der Mann.

»Ach, keine Sorge, das ist ein ganz sanftes Präparat«, entgegnete Bélouard, »auf rein pflanzlicher Basis, wie ein Beruhigungstee.«

Später kam ein anderer Hund, der zu viel fraß und sich kaum noch bewegen konnte; danach eine Katze, aus deren Hintern ein fingerdicker Wurm baumelte. Und dann eine ganze Weile nichts mehr.

Schließlich brachte ihm noch die Mutter des Kindes mit der Katze, die die Bindehautentzündung gehabt hatte, das Geld vorbei. Dann war es Mittag.

»Hier wimmelt es nur so von Leuten vom Fernsehen«, rief Elisabeth aufgeregt. »Sie sind überall …« Sie machte einen panischen und zugleich ausgelassenen Eindruck. »Wir hatten nicht genug Platz«, erklärte sie, »darum habe ich mir erlaubt, Ihren Tisch zu vergeben. Ich habe mir gesagt, Sie könnten sich heute doch ausnahmsweise zu Monsieur Decombe setzen, zumal Sie ihn ja ein wenig kennen. Nicht wahr? Ich habe ihn gefragt, er hat nichts dagegen … Dann hätte ich einen Tisch frei … Gut, das ist nett«, rief sie ihm zu, während sie sich bereits wieder entfernte, »nehmen Sie erst mal in Ruhe Platz …«

In der Tat war es heute brechend voll. Unbekannte Gesichter, die man sonst nie im Ort sah, außer im Sommer manchmal, und ein Trubel, der anders klang als sonst. In allen Ecken standen Geräte herum; die Leute schienen unentwegt von einem Tisch zum andern zu laufen. Mit leicht gerunzelter Stirn durchquerte Bélouard das Restaurant.

Der ehemalige Schuldirektor saß im hinteren Teil des Raums, an einem Tisch in einer düsteren Ecke. Als er Bélouard erblickte, winkte er ihm höflich zu und lud ihn an seinen Tisch ein. Dann erhob er sich ein wenig von seinem Stuhl und reichte ihm die Hand.

»Na, sind Sie auch abgeschoben worden?«, fragte er.

»Tja, die Presse«, seufzte Bélouard und hob schicksalsergeben die Arme.

»Dann wollen wir mal hoffen, dass nicht noch mehr passiert«, sagte der alte Mann mit seiner knarrenden, dünnen Fistelstimme, »sonst enden wir beide im Besenschrank.«

»Bei dem Raum, den ich in Anspruch nehme, möchte ich Ihnen das nicht wünschen.«

Er setzte sich.

»Heute gibt es Hühnchen mit Ratatouille«, sagte der alte Mann. Obwohl das Restaurant (abgesehen von ihrem Nachbartisch) schon deutlich überfüllt aussah, kamen ständig neue Teams an. Und Elisabeth stieß jedes Mal wie eine Gans kleine aufgeregte Schreie aus; die Männer verteilten sich und scharten sich noch enger um die schon besetzten Tische. Man brachte ihnen weitere Stühle vom Tresen. Der Lärm und das Gewühl im Restaurant nahmen beeindruckende Ausmaße an.

»Hier geht's ja zu wie in einem Hühnerstall«, merkte der alte Mann an. Dann zeigte er mit seinem knöcherigen Finger zu dem noch leeren Nachbartisch hinüber, der sie ein wenig von dem Malstrom trennte. »Leider wird es wohl nicht lange so bleiben«, fügte er hinzu.

Bélouard zuckte resigniert mit den Achseln. Er war mit den Gedanken woanders oder vielleicht auch nirgends, und so schwiegen sie eine Weile.

»Auch das Unglück hat sein Gutes …«, fing der alte Mann schließlich wieder an. Sein Gesicht zuckte nervös, und sein feuchter, unruhiger Blick, der die Einsamkeit gewohnt war, schien nur durch unentwegtes scheues Abtasten der Umgebung Kontakt aufnehmen zu können. »Seit so vielen Jahren essen wir beide nun Tag für Tag am selben Ort zu Mittag, und noch nie haben wir am selben Tisch gesessen … Auch das Unglück hat sein Gutes … Im Grunde bin ich froh, dass Sie heute Mittag meiner Einladung gefolgt sind.«

»Das …«, sagte er, »das ist sehr freundlich … Und ich nehme es dankbar an.«

»Nicht der Rede wert«, sagte der alte Mann. »Es ist mir ein Vergnügen …«

»Haben die Herren gewählt?«, fragte Elisabeth.

Sie sahen sie beide mit dem gleichen leicht ungläubigen Blick an.

»Heute nehme ich das baskische Huhn.«

»Für mich wie immer das Entrecôte«, sagte Bélouard.

»Das ist aus«, erwiderte sie.

»Ach …«

»Sie behandeln Ihre alten Kunden aber nicht sehr freundlich«, beschwerte sich der alte Mann.

»Haben Sie die vielen Leute nicht gesehen, und ich bin heut ganz allein …«, sagte Elisabeth. »Es gibt Lammkoteletts, wenn Sie wollen.«

»Gut«, sagte Bélouard.

»Und dazu? Weiße Bohnen?«

»Ja … Nein. Lieber Pommes Frites.«

Der alte Mann wirkte ärgerlich. »Also wirklich«, sagte er, nachdem Elisabeth wieder fort war, »wenn Sie regelmäßig Entrecôte essen, hätte sie ruhig eins für Sie zur Seite legen können … Finden Sie nicht?« Bélouard plädierte auf mildernde Umstände. »Sagen wir, wenn man heute kein Journalist ist, zählt man eben weniger als die andern …«, sagte der alte Mann. Der Ärger verstärkte sein Zittern noch. »Sehen Sie sich das an …« Seiner Ansicht nach fielen sie wie die Heuschrecken über den Ort her; auch das Wort »Aasgeier« fiel, mehrmals. Jedenfalls verbitterte ihn das. »Sie machen einfach ihre Arbeit«, sagte Bélouard versöhnlich.

»Ganz ohne Frage«, bestätigte der alte Mann. »Aber die Art und Weise …« Bélouard hatte keine Lust zum Reden. Seine Aufmerksamkeit trieb auf den Wellen des Lärms umher, die aus dem Nebenraum herüberschwappten, und wurde an irgendeine gottverlassene einsame Küste gespült, wo das ihn umgebende Getöse allmählich eine andere Gestalt annahm, sich in eine Stille verwandelte, die dichter und tiefer war als aller Lärm. Es kostete ihn ungeheure Mühe, sich auf das Gespräch mit dem ehemaligen Schuldirektor zu konzentrieren, obwohl er den alten Herrn rührend fand und ihm gern ein wenig Gesellschaft leisten wollte.

»Übrigens war es wirklich die Frau …«, sagte er. »Sie haben es heute Morgen im Radio gebracht.«

»Entschuldigung? …«, fragte Bélouard unter dem Vorwand, dass es so laut sei.

»Geneviève Mangin. Die verkohlte Leiche, die man gefunden hat … Sie war es wirklich.«

»Ach so?…«

»Ja, aber sie schließen Selbstmord nicht aus. Das bedeutet, sie hätte sich das Leben nehmen können, nachdem sie … Na ja, Sie wissen, was ich meine … einfach grauenhaft! Oder wie Sie vorgestern sagten, entsetzlich … Wenn ich bedenke, dass sie womöglich im Hof meiner Schule Fangen und Seilhüpfen gespielt hat, wie die meisten kleinen Mädchen dieser Region, die heute erwachsene Frauen sind …« Mit seinen langen spinnenartigen Fingern, die ganz ausgetrocknet waren, strich er sich zitternd über die Augenbraue. Auf dem Revers seines beigefarbenen Jacketts war ein violetter Weinfleck, von dem er offenbar nichts ahnte. »Wenn man es doch vorher wüsste … Wenn man ihnen sagen könnte: Sei vorsichtig, mein Kind, pass auf … das Leben ist schlecht …« Seine Stimme brach, und er machte eine lange Pause, in der er sein Besteck geraderückte. »Na, jedenfalls wollen sie die Leiche weiter untersuchen, um herauszufinden, was sich genau ereignet hat«, fügte er hinzu.

Bélouard sah ihn bloß an und lächelte schwach.

»Die Geschichte scheint Sie nicht sonderlich zu interessieren«, bemerkte der Alte.

»Na ja, ich …«

»Sie haben recht … Es wird viel zu viel darüber geredet. Sie haben vollkommen recht …«

Elisabeth hatte mittlerweile eine Wasserkaraffe und einen Viertelliter Roten auf den Tisch gestellt. Der alte Mann langte nach dem Wein. Am Nebentisch nahmen vier Männer Platz.

»Ich biete Ihnen keinen an …« Bélouard hob abwehrend die Hand. »Aber es stört Sie doch nicht, wenn …«

»Überhaupt nicht«, erwiderte Bélouard.

»Wissen Sie«, fuhr der alte Mann fort, während er die Weinkaraffe umklammert hielt und sich vorbeugte, »in einem kleinen Ort wie diesem hier entgeht einem nichts. Ich weiß, was Ihnen widerfahren ist, was Sie durchgemacht haben und wie Sie heute leben … darum …«, und man spürte, dass er sich dieses Mal aus tiefster Seele bemühte, ihm gerade in die Augen zu sehen, »… ich weiß nicht, ob man es Ihnen schon gesagt hat, aber: bravo!«

»Sie sind der Erste«, sagte Bélouard.

8

Man hatte ihn wieder nach Le Temple gerufen. Diesmal hatte er es so eingerichtet, dass er vor der Melkzeit ankam. Gegen fünf Uhr. Auf einem Rasenstück neben den Schaukeln war Bloquet gerade dabei, mit seinen Kindern eine menschliche Pyramide zu bauen. Bélouard blieb einen Augenblick stehen, um das kreischende Durcheinander zu betrachten. Die vier Kinder tobten wie die Vandalen auf ihrem Vater herum und hielten sich dabei an allem fest, was ihnen unter die Finger kam. Unbekümmert kletterten sie an seinem Bauch, seinen Armen, seinen Schultern und sogar seinem feisten Gesicht hoch, das vor Lachen ganz rot angelaufen war. Das war doch endlich mal ein erfreulicher Anblick. Viel erfreulicher als …

»Ich habe Sie nicht so früh erwartet«, sagte Bloquet.

Unter dem Protestgeschrei der Kinder, die weiter Himalaja spielen wollten, gingen sie hinüber zum Stall.

Die kranke Kuh stand als Einzige drinnen.

»Sie lässt sich nicht mehr melken«, erklärte Bloquet.

Bélouard zog sein Jackett aus, steckte die Krawatte ins Hemd und hängte das Jackett an eine Stahltür.

»Ich kann machen, was ich will«, sagte Bloquet.

Da kam einer der Jungen angerannt und rief, dass Leute zu ihm wollten und er kommen solle. »Tja, dann muss ich wohl«, sagte er und schlug sich mit den Händen auf die Oberschenkel. Er winkte Bélouard kurz zu und verließ den Stall.

»Na, meine Gute …«, sagte Bélouard.

Der süßlich-herbe Geruch, die Feuchtigkeit, die Stille, das Halbdunkel, die Friedlichkeit des fiebrigen Tiers, all das strahlte eine heitere Ruhe aus. Eine schwere, kompakte Ruhe, fast wie unter Wasser. Ölige Sonnenstrahlen rannen die schmutzstarrenden Scheiben hinunter, flossen durch die honigfarbene Luft und bildeten überall kleine goldglänzende Lachen: auf dem schmutzigen Zement, den Futtertrögen, dem Heu, den bräunlichen Jauchepfützen, in denen kleine Regenbogen schimmerten, und auf dem dicken Bauch der Kuh mit dem prall gefüllten Euter. Die Naht sah gut aus; die Zitze hingegen war heiß und verhärtet. »Ganz ruhig, meine Hübsche …«, sagte er, während er ihr die Nadel in den Schenkel stach.

Er war gerade dabei, die Sonde aus ihrer Paraffinverpackung zu holen, als die angelehnte Stalltür aufging. Doch es war nicht Bloquet, sondern ein junger Mann (etwa dreißig oder knapp darüber) mit blondem, schütteren Haar, einem etwas pausbäckigen Gesicht und klugen Augen. Mittelgroß. Helle Hose und Karohemd. Lächelnd ging er auf Bélouard zu. Er strahlte förmlich.

»Na, die Polizei wird in dieser Gegend nicht sonderlich geschätzt, was!«

Bélouard, der die Sonde in der Hand hielt und vom Paraffin ganz fettige Finger hatte, ließ ihn näher kommen.

»Das ist meistens bloß Koketterie«, erwiderte er.

Der Mann blieb stehen, noch immer lächelnd, und sah ihn leicht verdutzt an.

»Und Sie?«

»Ich?«

Kurzes Schweigen.

»Ach nichts«, sagte der Mann. »Kann ich Ihnen ein paar Fragen stellen?«

»Ja, sicher«, erwiderte Bélouard und suchte nach einem Ort, wo er seine Sonde hinlegen konnte. Er wählte die Tasche.

»Nein, nein«, sagte der Mann, »bitte lassen Sie sich nicht von der Arbeit abhalten ... Ich will Sie nicht lange stören ...«

Bélouard nahm die Sonde wieder in die Hand. Der Mann stellte sich neben ihn.

»Was hat sie denn?«, fragte er.

»Mastitis ...«

»Was mit dem Euter?«

»Ja, eine Infektion.«

»Und wie fängt man sich so etwas ein?«

»Oh, da brauchen Sie sich keine Sorgen zu machen ...«, sagte Bélouard.

Es war ihm so herausgerutscht. Der Mann brach in ein freundliches, eher sympathisches Lachen aus.

»Stimmt ...«, erwiderte er. »Bullen haben schließlich kein Euter ...«

Bélouard lächelte. In letzter Zeit neigte er dazu, alles sympathisch zu finden. Er führte die Sonde in die Zitze ein; die Kuh, von den Beruhigungsmitteln betäubt, blieb ruhig.

»Sie ist sich vielleicht auf den Euter getreten«, sagte er.

»Machen Sie Witze?«

»Nein. Das kommt vor. Wenn die Kühe drängeln ... Dann klemmen sie sich manchmal eine Zitze an einem Mauervorsprung ein und versuchen sich mit einem Tritt loszureißen. Dabei treffen sie manchmal die eigene Zitze oder bekommen die Hufe einer anderen Kuh ab. Das kommt vor …«

»Sind das Nähte?«

»Ja.«

»Und das Ding, das Sie ihr da eingeführt haben, ist das eine Drainage, damit der Eiter abfließen kann?«

»Nein, die ist für die Milch.« Bélouard richtete sich auf. »Das Euter muss geleert werden. Es tut ihr weh.«

»Ein schöner Beruf, nicht wahr?«, sagte der Mann.

»Ja, ein schöner Beruf …«, bestätigte er nach einer Pause.

»Sie heißen Bélouard, stimmt's?«

»Ja.«

»Und leben in Vigneux?«

»Ja.«

»Allein?«

»Ja … das heißt, normalerweise.«

»Warum normalerweise?«

»Weil momentan jemand bei mir wohnt. Nur vorübergehend.«

»Eine Frau?«

»Ja.«

»Gefühle?«

»Nein, nein.«

»Kleines Abenteuer?« Der Mann senkte ein wenig den Kopf.

»Nein. Eher katholische Seelsorge …«

»Aha …« Der Mann lächelte noch breiter. »Wer ist es denn?«

»Eine Frau aus der Umgebung, sie hat Eheprobleme …«

Einige Sekunden lang sagte der Mann nichts. Bélouard hatte eine Hand auf die Hüfte der Kuh gelegt.

»Claire Brunel?«

Bélouard sah ihn entgeistert an.

»Ja … das wussten Sie?«, stammelte er.

»Nein. Ich habe nur eins und eins zusammengezählt. Die Polizei hatte sich gewundert, warum ein gewisser Brunel sich so zurückhaltend über seine Frau äußerte, insbesondere wenn es darum ging, uns zu sagen, wo sie steckte. Ich habe den Bericht gelesen. Er ist rot unterstrichen …«

»Ich wusste nicht einmal, dass sie Claire heißt«, erwiderte Bélouard verdutzt.

»Warum hat sie sich an Sie gewandt?«

»Sie hat sich nicht an mich gewandt. Ich habe sie am Straßenrand gefunden?«

»Am Straßenrand?«

»Ja.«

»Was hat sie da gemacht? Ist sie getrampt?«

»Nein … Es ging ihr nicht gut. Sie war von zu Hause weggelaufen …«

»Wann war das?«

»Dienstagnachmittag.«

»Brunel ist ein ziemlich brutaler Mann, oder? Er ist doch dafür bekannt, dass er seine Frau schlägt?«

»Früher schon … aber mittlerweile hatte er damit aufgehört …«

»Klingt so, als wollten sie ihn in Schutz nehmen?«

»*Ihn* nehme ich nicht in Schutz …«

»Und diesmal? Hat er sie wieder geschlagen?«

»Wohl …«

»Wohl heftig? Oder wohl kaum der Rede wert?«

»Wohl eher kräftig«, sagte Bélouard.

»Warum hat sie sich nicht an die Polizei gewandt? Haben *Sie* es ihr ausgeredet?«

»Oh, nein! Überhaupt nicht!« Bélouard lief rot an. »Sie wollte es auf keinen Fall ...« Er zuckte mit den Achseln. »Es ist bestimmt nicht einfach.«

»Nein, bestimmt nicht«, sagte der Mann. »Aber mit so einem Kerl zusammenzuleben auch nicht ... Dann haben Sie sie mit zu sich genommen?«

»Ja ...« Bélouard wurde immer röter. Ihm brach der Schweiß aus. Unwillkürlich streichelte er den kleinen Haarwirbel an der Hüfte der Kuh. »Sie wollte nirgendwohin, und ich wusste nicht, was ich mit ihr machen sollte. Also habe ich sie zu mir gebracht, um sie zu verarzten. Dann bin ich wieder zur Arbeit gefahren – im Übrigen hierhin, um diese Kuh zu nähen ... Ich hatte ihr gesagt, sie könne bleiben, bis sie sich von ihrem Schreck erholt hätte, und so oft telefonieren, wie sie wolle. Und als ich abends nach Hause kam, war sie noch da ...«

»Und ist es immer noch ...«

»Ja.«

»Läuft es gut?« Bélouard zuckte mit den Achseln. »Und Brunel, weiß der, wo sie ist?«

»Ja.«

»Wie hat er es aufgenommen?«

»Es tut ihm offenbar leid.«

»Haben Sie sich mit ihm getroffen?«

»Nein, ab und zu ruft er an und fragt, wie es ihr geht. Ich sage es ihm. Dann gebe ich sie ihm. Keine Ahnung, was sie sich erzählen. Ich weiß nicht einmal, was sie vorhat ...«

»Wissen Sie, warum er sie geschlagen hat?«

»Nein.«

»Hat sie Ihnen nichts erzählt?«

»Nein.«

»Könnte es nicht sein, dass die Schläge und die Flucht vor ihrem Mann irgendetwas mit den Ereignissen in Les Sauvignères zu tun haben?«

»Aber nein«, sagte Bélouard, den diese Frage völlig überrumpelte, »das glaube ich nicht ...«

»Kannten sich Mangin und er?«

»Keine Ahnung ... Bestimmt. Alle Bauern aus der Gegend kennen sich mehr oder weniger. Aber Brunel wohnt in der Nähe von Fay, und das liegt nicht gerade um die Ecke von Les Sauvignères ...«

»Und Sie?«

»Ob ich Mangin kenne?«

»Ja.«

»Ein bisschen.«

»Behandeln Sie seine Tiere?«

»Nein. Damals schon, aber jetzt nicht mehr. Er hat sich einen anderen Tierarzt in der Nähe von Savenay gesucht. Wie Brunel im Übrigen. Das haben ziemlich viele getan.«

»Warum?«

»Damals trank ich zu viel. Mir sind Fehler unterlaufen... Eines Tages sogar ein dicker Fehler, und da haben sich alle eben nach einem anderen Arzt umgesehen ...«

»Um was für einen Fehler handelte es sich?«

»Oh«, sagte Bélouard, »die Geschichte ist nicht sehr spannend. Obwohl ... aus heutiger Perspektive betrachtet, finde ich die Sache sogar eher lustig ...«

»Wollen Sie es mir erzählen?«

»Oh, wenn Sie wollen«, sagte Bélouard. »Wenn Sie sich

amüsieren wollen …« Er hatte wieder seine normale Gesichtsfarbe angenommen, streichelte aber immer noch den kleinen seidigen Fellwirbel der Kuh. »Eines Nachts, es ist schon ein paar Jahre her, wurde ich ziemlich spät wegen einer Niederkunft angerufen, die offenbar schwierig verlief. Es ging mal wieder um eine Kuh, in der Nähe von Notre-Dame-des-Landes. Außerdem hatte sich irgendetwas Ungewöhnliches im Stall ereignet, und ein Teil der Herde war ausgerissen. Die Jungs hatten die Nachbarn zusammengetrommelt und versuchten gemeinsam die Tiere einzufangen, als ich auf dem Hof eintraf. Bis heute weiß ich nicht, wie mir das gelungen ist, denn ich war sternhagelvoll – aber richtig! … Jedenfalls fand ich mich nach einer Weile im Stall wieder, wo außer mir niemand war. Außer den Tieren, die dringeblieben waren, und die trächtige Kuh. Ich sagte mir: Ich darf nicht vergessen, die Tür zu schließen. Dann setzte ich mich hinter die Kuh und fing an, sie zu untersuchen. Ich wankte; konnte mich kaum auf den Beinen halten; ich musste mich an ihrem Rücken festhalten, während ich ihr den Arm in die Vulva steckte. Alles drehte sich wie verrückt. In meinem Kopf, im Stall, überall. Ein irres Geisterkarussell. Währenddessen muhte die Kuh. Sie schaffte es nicht, allein zu kalben, und ich war so breit, dass ich nicht mehr wusste, was man in solchen Fällen tun muss. Ich versuchte, ihr gut zuzureden. ›Keine Sorge, meine Hübsche, gleich geht es besser, gib mir nur eine Minute, dann geht es besser … dann werde ich dir helfen.‹ Ich hatte meinen Arm wieder aus ihrer Vulva gezogen und merkte, dass ich den Handschuh vergessen hatte. Da hörte ich, wie die anderen zurückkamen. Sie trieben die entlaufenen Tiere in den Stall. Als sie reinkamen, wollte ich mir gerade diesen verdammten Handschuh überstreifen. Ich lehnte mit dem Rücken an der Kuh und sah nichts weiter als einen Nebel aus fröhlichen Gesichtern; ich hatte noch nicht gemerkt, dass sie lachten. Ich wiederholte nur laut: ›Es geht gleich besser, es geht gleich sehr viel besser, nur ein Minütchen, dann ist die Sache geregelt …‹ Ich schaffte es nicht einmal, in den Handschuh zu schlüpfen. Schließlich merkte ich, dass sie sich über mich totlachten, und sagte mir: Mein Gott, das ist vielleicht gar keine Kuh. Mein armer Junge, du bist so blau, dass du womöglich gerade versuchst, einer Zisterne oder einem Traktor oder was auch immer beim Kalben zu helfen! Jedenfalls keiner Kuh. Ich drehte mich um und musste mich mit beiden Händen an der riesigen Masse festhalten, die sich weich und lebendig anfühlte. Wenigstens war es wirklich eine Kuh.

›Warum lacht ihr?‹ fragte ich sie, ›das ist doch eine Kuh, oder? Also! Was lacht ihr so dusselig?‹ Doch ihr Gelächter wurde immer lauter, sie klopften sich auf die Schenkel … Und wollen Sie wissen, warum? Weil es zwar in der Tat eine Kuh war, aber nicht die richtige. Es war ganz einfach die falsche Kuh. Von da an nannten sie mich Charlie Chaplin und riefen lieber einen anderen Tierarzt …«

»Alle?«

»Nein, ein paar Kunden habe ich behalten …«

»Kommen Sie über die Runden?«

»Manchmal wird's ein wenig knapp am Monatsende … aber es geht.«

»Und haben Sie seitdem aufgehört zu trinken?«

»Ja.«

»Dann müssen Sie ganz schön sauer sein.«

»Ja. Ein bisschen … Hauptsächlich auf mich selbst, aber

auch nicht so sehr, dass ich mir ein Messer reinrammen oder eins mit dem Schaufelstiel überbraten möchte.«

Der Mann lächelte.

»Das meinte ich nicht.«

»Aber das ist es doch, was Sie herausfinden wollen.«

»Stimmt«, sagte der Mann. »Aber man erfährt es selten auf diese Weise … Fällt Ihnen sonst noch irgendetwas ein, das mir weiterhelfen könnte?«

»Nein«, erwiderte Bélouard.

»Gut, dann lasse ich Sie jetzt in Ruhe weiterarbeiten«, sagte der Mann. »Danke … Ach, und …« Er schnipste mit den Fingern. »Können wir in den nächsten Tagen mal bei Ihnen vorbeischauen, um Madame Brunel ein paar Fragen zu stellen?«

»Ja«, antwortete Bélouard zögernd. »Es geht ihr zwar nicht so gut, aber … wenn es sein muss …«

»Ja. Ich denke, es muss … Auf Wiedersehen.«

Sie schüttelten sich die Hände, und der Mann entfernte sich. Ein paar Schritte weiter blieb er neben dem aufgehängten Jackett stehen.

»Schönes Jackett! Aus Tweed?« Er suchte nach dem Etikett. »Ach, nein. Sah nur so aus … Also, auf Wiedersehen!«

»Halt, halt!«, rief Bélouard, als der Mann gerade zur Tür hinauswollte.

»Ja?«

»Wenn Sie jemanden wegen der Fragen schicken, könnten Sie jemanden aussuchen, der ein wenig … ich meine, der eher …«

»Eher vom Typus Seelsorger?«, fragte der Mann.

»Ja, genau«, sagte Bélouard.

»Geht in Ordnung«, sagte der Mann.

9

Einer plötzlichen Eingebung folgend hatte er die Landstraße nach Fay eingeschlagen, ohne recht zu wissen, was er sich davon versprach und ob er seine Meinung im letzten Augenblick nicht doch noch ändern würde. Ja, er war sogar zutiefst davon überzeugt, dass er es sich anders überlegen und am Ende kehrtmachen würde. Ein paar hundert Meter vor dem Abzweig nach Les Aublades passierte er einen Polizeiwagen, der kaum versteckt in einem Hohlweg parkte. Die uniformierten Männer, die dort postiert waren, beobachteten, wie er vorbeifuhr. Was soll ich ihnen erzählen, wenn sie fragen, was ich vorhabe, fragte er sich. Er hatte den Blinker bereits gesetzt und wurde sich nun bewusst, dass die Polizisten seine Absicht, abzubiegen, bestimmt registriert hatten, es demnach keine gute Idee war, jetzt seine Meinung zu ändern: Er hätte wohl besser daran getan, sich die Sache vorher zu überlegen. Kurz darauf rollte er einen Weg entlang, der zum Bauernhof führte. Bélouard, du bist ein gottverdammter Trottel!, sagte er sich. Ihm wurde etwas mulmig.

Wieder ging ein herrlicher Junitag zu Ende; und ein herrlicher Abend begann. Zwei, drei wie von naiver Kinderhand gezeichnete Wolken zogen über einen emaillierten Himmel. Die Luft war erfüllt von den Gerüchen nach

Gras, Blumen, Samen und Säften und vom Zirpen der Grillen.

Gleich neben dem Hof stellte ein großer Kirschbaum, in dessen Zweige der Bauer CDs gehängt hatte, um die Amseln zu verscheuchen, verschämt seinen gleißenden Strassschmuck zur Schau.

Er hielt im Hof. Es war ein sauberer, gut geführter Hof, die meisten Gebäude waren frisch verputzt und in derselben Farbe gestrichen wie Bélouards Haus. Mit gemischten Gefühlen stieg er aus dem Auto und blickte sich etwas besorgt um. Dass er sich am Telefon zerknirscht gibt, heißt noch lange nicht, dass er die Beherrschung wahrt, wenn man ihm gegenübersteht, sagte er sich.

Es war vielleicht vier oder fünf Jahre her, seit er das letzte Mal seinen Fuß hierher gesetzt hatte.

Brunel trat durch ein weit offen stehendes Scheunentor. Als er Bélouard erblickte, hielt er inne. Brunel war ein groß gewachsener Kerl, der eher friedfertig und vernünftig aussah. Im Augenblick wirkte er jedoch nicht ganz so friedfertig. Sie gingen aufeinander zu. Bélouard versuchte zu lächeln, fand dann aber, dass eine tragische Miene angemessener sei. Davon abgesehen kam Brunel mit einem Gesicht auf ihn zu, das einen nicht gerade zum Lächeln ermunterte.

»Was gibt's?«, fragte er.

»Nichts Schlimmes«, erwiderte Bélouard und dachte, gleich haut er mir ein paar in die Fresse, »ich meine … nichts Besonderes. Ich kam gerade vorbei … und dachte mir: Mensch …«

»Hat sie Sie geschickt?«

»Nein.« Bélouard erkannte Brunels typischen Blick wieder: durchdringend, aber ohne klaren Fokus. Stets schien er über einen hinwegzuschauen; er stand keinen Meter von Brunel entfernt und konnte seine Fahne riechen. »Also genau genommen gibt es ein, zwei Dinge, die ich gern mit Ihnen besprechen würde«, sagte er.

»Worum geht's?«, fragte Brunel.

»Vielleicht gehen wir besser hinein?«

Brunel schien den Kopf halb in Richtung Scheune zu wenden, hielt dann aber inne.

»Einverstanden …«, seufzte er.

Bélouard fing an, ihm zu erklären, was der Inspektor gesagt hatte. Kaum waren sie in der Küche, schenkte sich Brunel ein Glas aus einer Flasche ein, die auf der Anrichte stand, und kippte es in einem Zug herunter. Es war kein Wein. Und es war auch kein kleines Glas. Dann ließ er die Flasche und das Glas an ihrem Platz stehen und setzte sich, ohne Bélouard etwas anzubieten.

»Und haben Sie der Polizei gesagt, dass sie bei Ihnen ist?«

»Ja. Ich hielt es für besser. Und ich will Ihnen auch sagen, warum.«

»Alle Welt wird denken, dass sie mir Hörner aufsetzt!«, brummte Brunel mit einem finsteren Lächeln.

»Aber nein. Es gibt keinen Grund, warum die Polizisten das weitererzählen sollten«, wandte Bélouard ein. »Ich wollte sie bloß beruhigen.«

Brunel stand wieder auf, ging zur Anrichte hinüber und wollte sich gerade ein weiteres Glas einschenken. Doch dann nahm er das Glas und die Flasche mit an den Tisch, setzte sich wieder und goss sich ein.

»Das ist nicht gerade die beste Lösung …«

»Ausgerechnet Sie müssen mir das sagen!«, entgegnete Brunel.

»Eben drum, ich weiß, wovon ich spreche …«

Immerhin trank Brunel sein Glas diesmal nicht, sondern schob es zur Seite und legte einfach nur den Kopf auf die Arme.

Für einen Augenblick herrschte Stille. Bis auf das Summen der Fliegen.

»Der Inspektor hat gesagt, er wolle die Polizei zu mir schicken, um Ihrer Frau ein paar Fragen zu stellen«, fuhr Bélouard fort.

»Mir egal …«

Wieder Schweigen. Dann hob Brunel den Kopf.

»Ich nehme an, Sie hat Ihnen erzählt, was passiert ist.«

»Nein.«

Brunel musterte ihn mit seinem schweren, unsteten Blick, der zusätzlich zu dem, was er anvisierte, immer auch ein Stück Leere zu erforschen schien.

»Sie hat lediglich gesagt, es sei lange her, seit Sie sie das letzte Mal geschlagen hätten«, sagte Bélouard.

»Ich wollte es nicht mehr tun …« Brunel fing an zu weinen; Tränen und eine plötzlich aufsteigende Wut verzerrten seine Züge. »Ich wollte es nicht mehr tun … Ich wollte es nie mehr tun! … So ein verdammter Mist, so ein verfluchter Scheißdreck! Ich wollte es nie mehr tun!!!« Zum Schluss hatte er gebrüllt. Mit der Hand fegte er die Flasche und das Glas vom Tisch, sprang auf und versetzte der Backofentür einen wütenden Tritt. »Ich wollte es nicht mehr tun …« Er hatte sich gegen den Herd gelehnt, umklammerte mit beiden Händen das Abzugsrohr, legte die Stirn darauf und schluchzte. »Ich wollte es nicht mehr tun … Aber ich mache immer alles falsch … immer … Alles, was ich tue, ist falsch … alles. Ich sehe es in ihren Augen. Sie starrt mich an, als sei ich ein Ungeheuer … Immer … Es war nie in Ordnung …« Er wandte sich um. Eine silbergraue Spur war auf seiner Stirn. »Ich weiß, es ist falsch, sie zu schlagen«, sagte er, »… aber alles … ständig … Doch nicht alles? … Und irgendwann …«

Mit gespenstischer Langsamkeit kehrte er an den Tisch zurück – Bélouard hatte sich nicht gerührt – und fuhr sich mit der Hand durchs Haar.

»… und irgendwann explodiert man einfach«, hauchte er nur noch. Er presste eine Hand gegen die Schläfe und fing an, sie nervös zu reiben. Dann wiederholte er mehrmals: »Alles … ständig …« Er schien wieder kurz vor dem Explodieren. »Das hat mich auf Dauer verrückt gemacht …«, sagte er. »Wir hatten seit Ewigkeiten nicht mehr miteinander geschlafen … na ja, sie steht einfach nicht darauf, das ist alles … ja und? … keine Ahnung, wie lange es schon her war … jedenfalls war ich in einer komischen Verfassung. Ich war erst spät aufgewacht … und war in einer komischen Verfassung. Keine Lust zu arbeiten. Auf gar nichts hatte ich Lust. Am Nachmittag kam ich dann zurück nach Hause… Sie hatte das Kleid an, das mir so gefällt, ein kurzes Kleid. Sie lächelte mich an. Und ich setzte mich hierhin. Sie ging weiter ihren Dingen nach, die sie zu erledigen hatte. Manchmal beugte sie sich vor, sodass ich ihre Schenkel sehen konnte. Nach einer Weile fragte ich mich, ob sie es absichtlich machte. Sie lächelte mir zu. Ich dachte, sie hätte Lust … Also stand ich auf, wollte sie berühren … Aber das war es nicht gewesen. Ich hatte mich getäuscht … Sie wurde wütend und warf mir Bosheiten an den Kopf … Dinge, die man einem Mann besser nicht sagt … Und dann stand ich da mit meiner Lust. Es machte mich halb wahnsinnig …«

Er verstummte. Sein Blick war starr auf die Schnapslache gerichtet, die sich wie ein riesiges Puzzleteil auf dem Tisch ausgebreitet hatte und nun auf den Boden tropfte.

»Immer mache ich alles falsch …«, flüsterte er. »Verdammt!«

Bélouard zupfte seine Krawatte aus dem Hemd. Er wusste nicht, was er dazu sagen sollte; unwillkürlich hatte sich sein breites Gesicht zu einer dümmlich-mitleidigen Grimasse verzogen.

»Wie lässt sich eine so verfahrene Situation zurechtbiegen?«, fragte Brunel.

»Vielleicht sollten Sie in den nächsten Tagen bei mir vorbeikommen, wenn ich nicht da bin, und sie besuchen … Versuchen Sie einfach, mit ihr zu sprechen …«, sagte Bélouard.

»Das habe ich schon getan.«

»Ach!«

»Sie wollte mir nicht einmal die Tür öffnen. Sie drohte mir, sich umzubringen, wenn ich hineinginge …«

»Vielleicht war es noch zu früh …«, sagte Bélouard.

»Wo schläft sie?«, fragte Brunel ganz unvermittelt.

»Ich habe sie in ein kleines Zimmer einquartiert, das mir als Bibliothek dient.«

»Und was macht sie den ganzen Tag?«

»Ich weiß es nicht; ich bin ja nicht da. Aber vermutlich bläst sie Trübsal, genau wie Sie … Das ist doch dumm …«

Er stand auf.

»Ich mach mich jetzt wieder auf den Weg«, erklärte er.

»Hat sie Sachen zum Umziehen?«

»Nur das, was sie anhatte, als ich sie gefunden habe.«

»Vielleicht wäre es gut, ihr was zu bringen?«

»Ja … vielleicht«, sagte Bélouard.

»Ihr Schrank steht im Schlafzimmer am Ende des Gangs. Der mit den Spiegeln«, sagte Brunel, ohne sich zu rühren.

»Das geht jetzt aber zu weit!«, rief Bélouard. »Sie können doch nicht im Ernst von mir verlangen, dass ich in den Sachen Ihrer Frau wühle! Gehen Sie gefälligst selber.«

Brunel erhob sich wankend. Er brauchte gut fünf Minuten, dann kehrte er mit einer kleinen Reisetasche zurück, die er Bélouard wortlos reichte.

»Gut, also, dann mache ich mich auf den Weg«, wiederholte er.

»Ich könnte ihr vielleicht etwas schreiben?«, fragte Brunel schließlich.

»Ja, natürlich … Jetzt gleich?«

»Ja. Und es in die Tasche legen.«

Bélouard nickte. Brunel holte einen Block Karopapier und einen Kugelschreiber aus dem Schubfach der Anrichte und setzte sich an den Tisch, um etwas zu schreiben. Nachdem er fertig war, reichte er Bélouard das Blatt: »Was meinen Sie?«, fragte er. Bélouard las den Brief durch; es waren nur wenige Worte. »Ja, das klingt gut«, sagte er.

Brunel faltete den Brief zusammen und steckte ihn in die Reisetasche.

Als er wieder die Straße entlangfuhr, atmete er tief durch. Nicht etwa, weil er Angst gehabt hätte (denn seine Angst war, ob zu Recht oder Unrecht, sofort verflogen, als er gemerkt hatte, dass Brunel betrunken war), sondern aus Erleichterung, diese beklemmende Atmosphäre zu verlassen. Ihm hatte nicht nur die Vereinsamung des anderen Mannes die Kehle zugeschnürt, sondern auch die Tatsache, dass ihm die Gitterstäbe des Kerkers, in dem der andere gefangen war, durchaus vertraut vorkamen. Außerdem verschlägt es einem fast den Atem, wenn man bemerkt, dass man denen recht geben könnte, die im Unrecht sind – und dass man schon eine Krämerseele sein müsste, um gerecht zu sein. Er dachte über Brunels verzweifelte Frage nach: Wie lässt sich eine so verfahrene Situation wieder zurechtbiegen? Gute Frage. Er hatte nicht die geringste Ahnung. Und genau genommen war es ihm in diesem Moment, da er, ohne darauf zu achten, wieder an den Polizisten vorbeifuhr, auch ziemlich egal.

Aber was zum Teufel hat der Kerl eigentlich nachts getrieben, um so spät aufzustehen, wenn sie nicht einmal miteinander geschlafen hatten, fragte er sich schließlich.

Die Sonne ging unter. Der Himmel glich einer Lapislazulischale, über deren Ränder Waldfruchtkonfitüre und Aprikosengelee quoll. Dieser magische Moment ließ die Sorgen der Welt für einen Augenblick ganz unbedeutend erscheinen.

Was geht mich das überhaupt an!, dachte er. Das hat man eben davon, wenn man einen Baum so lächerlich ausstaffiert! Dabei sah er wieder den Kirschbaum neben der Einfahrt zum Bauernhof vor sich.

Gewiss zu Unrecht. Aber er hatte heute Abend nichts mehr für solche Kleinlichkeit übrig.

10

»Das ist für Sie«, rief er und zeigte auf die Reisetasche. Sie saß auf dem Sofa; neben ihr lag ein Buch, auf dem eine Hand ruhte. Sie hatte ihr Haar am Hinterkopf zusammengebunden. Mit der Tasche in der Hand blieb er einen Augenblick wie angewurzelt stehen und lächelte verzückt. Er fand sie hinreißend, trotz des Veilchens (das sich allmählich gelb verfärbte).

Sie wurde ganz bleich, etwas wie Angst blitzte in ihren Augen auf. Daher hielt er es für angebracht, ihr die Sache rasch zu erklären. Der Inspektor, Les Aublades, ihr Mann, die Tasche. »Er hat einen kurzen Brief für Sie hineingelegt«, fügte er hinzu. Sie stand auf, nahm ihm die Tasche aus der Hand und stellte sie teilnahmslos auf das Sofa. Daraufhin blieben sie voreinander stehen und musterten sich einen Augenblick. Er versuchte, sie anzulächeln, doch er war überrascht und traurig zugleich. Ihr Gesichtsausdruck hatte sich wieder verhärtet. »Verzeih mir. Ich kann ohne Dich nicht leben. Ich liebe Dich«, sagte sie mit tonloser Stimme.

In etwa das hatte tatsächlich im Brief gestanden. Bélouard errötete beinahe darüber. Wie lässt sich eine so verfahrene Situation wieder zurechtbiegen?, fragte er sich wieder.

Sie hatte das Abendessen vorbereitet und den Tisch gedeckt, stellte er überrascht fest, als er die Küche betrat, in die sie ihm kurz darauf folgte. Er sagte, dass er dies wirklich nett fände.

»Aber Sie könnten es ruhig ausnutzen, bei einem alten Junggesellen untergekommen zu sein, und sich ein wenig verwöhnen lassen«, brummte er.

Er bot ihr einen Stuhl an.

Im Grunde hatte sie bloß das Essen vom Vortag aufgewärmt und frischen Reis gekocht, aber er brauchte alles nur noch auf den Tisch zu stellen.

Er bot an, eine Flasche Wein zu öffnen, doch sie lehnte ab.

Die blaue, stille Dämmerung strömte durchs offene Fenster herein. Der Tag neigte sich rasch.

»Ich habe gesehen, dass Sie sich einen meiner Valérys rausgesucht haben«, sagte er, als sie mit dem Essen anfingen.

Sie schaute mit teilnahmslosem, nicht einmal fragendem Blick auf – in ihren Augen lag nur jene Härte, die sich immer deutlicher auf ihrem Gesicht abzeichnete, je mehr die Spuren der Schläge verblassten.

»Das Buch …«, sagte er, »… das auf dem Sofa lag …«

»Ich habe kein Wort davon begriffen«, sagte sie.

Einen Augenblick lang wusste er nicht, wie er darauf reagieren sollte, und steckte sich zwei, drei Happen in den Mund, wobei er sie leicht verwirrt betrachtete.

»Ich auch nicht«, gestand er schließlich mit einem gutmütigen Lächeln, das sie schüchtern erwiderte, »ich verstehe auch nicht immer alles. Trotzdem ist Valéry mein Lieblingsautor. Wenn ich ihn lese, ist mir, als würde ich mich mit einem alten Freund unterhalten, als tauschten wir uns über unsere großen Probleme aus ... Natürlich ist mein Freund sehr viel klüger als ich, und meist ist er derjenige, der redet, aber es bereitet mir unendlich viel Vergnügen, ihm zuzuhören. Seine Stimme ist sehr tröstlich ...«

Er lächelte immer noch, als habe er ihr gerade einen Witz erzählt.

»Was denn für große Probleme?«, fragte sie.

»In dem Buch, das Sie sich ausgesucht haben, heißt es an einer bestimmten Stelle: ›Der Mensch ist ein Tier, das außerhalb seines Käfigs eingesperrt ist‹ ... Das ist ein großes Problem, das Valéry und mich verbindet. Wir denken oft darüber nach ...«

Sie wandte den Kopf zur Seite und prustete los. Es war ein kurzes, wildes Gelächter, das sie offenbar versucht hatte zu unterdrücken. Erfreut, sie zum ersten Mal lachen zu hören, fühlte er sich angespornt, ein wenig den Hanswurst zu spielen, und fügte übertreibend hinzu: »Ein sehr sehr großes Problem ...«

»Was bedeutet er denn?«, fragte sie.

»Valérys Satz?«

Sie nickte.

»Was er bedeutet? Oh ... Er bedeutet vermutlich, dass die Tiere weniger Sorgen haben als wir. Natürlich haben sie auch welche, sie haben ihre eigenen Sorgen, aber ... sagen wir, einen Teil der Sorgen, die wir haben und die sehr ärgerlich sind, haben sie eben nicht ...« Er spießte ein Stück Wurst auf und steckte es sich mit einem großen Stück Brot in den Mund. »Nehmen wir zum Beispiel ... den Fuchs. Der Fuchs hat Sorgen. Er muss Hühner fressen, darf sich nicht von Hunden oder Jägern schnappen lassen, und wenn die Zeit gekommen ist, muss er sich eine Füchsin suchen, die ihn an sich heranlässt … Dann muss er regelmäßig Hühner zu seinem Bau bringen, um seine Jungen zu ernähren. Und bei all dem aufpassen, dass er nachts nicht von einem Auto überfahren oder von einem Bauern abgeknallt wird, der seinen Hühnerstall lieber für sich selbst behalten möchte … kurz, ein wahres Fuchsleben! … Es besteht aus einer ganzen Reihe von fuchstypischen Leiden, Ängsten, Freuden und Sorgen, die ihn gewissermaßen gefangen halten, ohne dass er das Gefühl hätte, gefangen zu sein; ich sage sehr wohl: ohne dass er sich dessen eigentlich bewusst würde; das heißt, er verfügt weder über die Mittel auszubrechen noch über eine klare Vorstellung davon, wie er denn ausbrechen könnte … Valéry und ich haben das seinen *Käfig* genannt … So weit, so gut. Aber wie sieht es mit uns aus?« Obwohl er allmählich ernster wurde, lächelte er noch, ein schwermütiges, festgefrorenes Lächeln. »Wir haben ebenfalls unsere Sorgen. Und die unterscheiden sich letztlich gar nicht so sehr von denen des Fuchses: Wir müssen jeden Tag essen, unsere Füchsin finden, es vermeiden, abgeknallt zu werden … Das ist es im großen Ganzen. Natürlich darf man nicht vergessen, dass wir zusätzlich den Fußball und die sozialen Sicherungssysteme haben, aber … gut, unser *Käfig* … Der Unterschied liegt darin – und das ist das Problem –, dass wir dazu neigen, uns darin beengt, ja manchmal gar gefangen zu fühlen. Und warum ist das so?« Er schnalzte mit der Zunge. »Weil wir uns etwas anderes vorstellen können. Ganz einfach … Und dass wir uns etwas anderes vorstellen können, liegt daran, dass unser Kopf aus dem Käfig herausragt. Das ist die Bedeutung des Satzes. Wir können nichts dagegen tun, dass unser Kopf aus dem Käfig ragt … Verstehen Sie?«

Sie nickte unsicher, aber mit ernstem Gesichtsausdruck.

»Tja, und wenn wir den Eindruck haben, Gefangene unseres materiellen Lebens zu sein …«, fuhr er fort. Sein wässriger Blick schien sie nicht mehr wahrzunehmen, wenngleich er starr auf sie gerichtet blieb. Doch er beendete seinen Gedanken nicht; stattdessen fragte er: »Haben Sie schon mal Affen im Zoo gesehen?« Sie schüttelte den Kopf. »Nein? Auch gut. Es ist traurig … Sie langweilen sich … Wir ähneln ihnen ein wenig. Nur dass unser Käfig in der Savanne steht und unser Kopf in einem Zoogehege steckt …« Dann lächelte er wieder und schloss mit den Worten: »Und all das für ein paar Peanuts! …«

Er stand auf, um das Licht anzuschalten.

Draußen setzte das friedliche und eindringliche Zirpen der Grillen ein.

»Seltsam, dass wir jetzt darüber reden«, sagte er, während er sich erneut den Teller füllte. »Denn genau über diese Dinge habe ich vorhin nachgedacht, als ich von Ihrem Mann nach Hause fuhr …«

»Bei ihm wäre ich mir allerdings nicht so sicher, dass der Kopf aus dem Käfig ragt«, bemerkte sie spöttisch.

Diesmal lachte Bélouard.

»Aber doch!«, sagte er. »Natürlich! … Der Arme … Na ja, der Arme, das vielleicht nicht … ich weiß, wie Sie über ihn denken, aber … doch natürlich!« Er tippte sich mit dem Finger gegen die Stirn. »Auch er stellt sich Dinge vor …«

»Ich weiß, was er sich vorstellt …«, sagte sie.

Bélouard lachte wieder.

»Ja«, erwiderte er, »er hat es mir gesagt …«

»Was hat er Ihnen gesagt?«

Bélouard lief plötzlich puterrot an.

»Ach!«, sagte sie mit einer Spur von Verachtung, »das hat er Ihnen erzählt ...« Auf einmal schien sie wieder teilnahmslos. Sie führte eine gut gefüllte Gabel zum Mund, schob sie hinein und zog sie wieder heraus, all das mit einer überraschenden Langsamkeit. Dann begann sie zu kauen. Bélouard nahm langsam wieder seine normale Farbe an. Schließlich sah sie ihn wieder kalt und verächtlich an. »Er hat sich immer darüber beklagt, dass ich nicht lüstern genug sei«, sagte sie.

Dann musterte sie Bélouard eine Weile, der sich allmählich in sein Los fügte, ständig die Farbe zu wechseln.

»Soso ...«, flüsterte er.

Und räusperte sich. Dann aßen sie schweigend weiter.

»Männer sind oft so«, sagte er.

»Sie auch?...«

»Ja. Ich auch.«

»Sie hätten gern eine lüsterne Frau?«

»Wenn ich Frauen kennengelernt habe, die es waren, hat es mir nicht missfallen ... Mittlerweile weiß ich nicht mehr, wie es ist, eine Frau für sich zu haben. Verheiratet zu sein ... Liebe. Gefühle ... Ich sage mir, Gefühle findet man eher in Richtung Savanne, und je stärker sie sind, desto mehr ziehen sie einen dorthin, in Richtung Savanne ... Dann dürfte der Kopf ein wenig aus dem Gehege herausschauen – sicher, nur ein wenig, aber immerhin ... Na ja. Letztlich ist das wohl alles eine Frage des gegenseitigen Einverständnisses ...«

»Waren Sie nie verliebt?«

»Doch, ich war verliebt. Natürlich war ich das! Aber ... sagen wir, wie soll ich mich ausdrücken ... sagen wir, es ist nie etwas daraus geworden. Ja. Es ist nie etwas daraus geworden. Jedenfalls nichts von Dauer … Und unversehens hatte ich mich wieder in mein Gehege zurückgezogen, mit meinen Fantasien, meiner Trägheit, den nichtigen Dingen …«

»Ich verstehe nicht, was das heißen soll …«

»Sind Sie fertig mit Essen?« Sie nickte. »Haben Sie heute Mittag etwas zu sich genommen?«

Sie antwortete nicht, sondern starrte wieder mit dieser unerwarteten und erschreckenden Härte vor sich hin – eine Härte, die Bélouard keine Ruhe ließ.

»Haben Sie die Nachricht gefunden, die ich Ihnen heute Morgen aufs Sofa gelegt habe?«

»Ja.«

»Gut. Aber Sie sollten etwas essen. Das ist schließlich auch keine Lösung …«

Sie schwiegen eine Weile, und sie sah ihm beim Essen zu. Anfangs fühlte er sich unbehaglich dabei, doch allmählich ließ dieses Gefühl nach, und schließlich lächelte er sie sogar an.

»Anfangs habe ich mich für einige meiner Kundinnen interessiert … Ich bin kein Adonis, das ist wohl das Mindeste, was man sagen kann, aber es gibt Frauen, die sich zu Hause unglaublich langweilen … Es gab eine Zeit, da hatte ich zwei, drei Frauen, deren Hund oder Katze regelmäßig krank wurden. Und dann …«

Er verstummte und schob den restlichen Reis und das Gemüse auf seinem fast leeren Teller zusammen und bereitete eine neue Gabel vor. Er führte sie jedoch nicht gleich zum Mund, sondern sah sie nur gedankenverloren an.

»Und dann? …«

»Dann fing ich an zu trinken. Immer mehr zu trinken. Und die Hunde und Katzen wurden immer seltener krank … Ich vermute, dass ich den Frauen irgendwann noch langweiliger wurde als ihre Langeweile …«

»Und jetzt?«, sagte sie.

»Mir ist die Lust auf solche Abenteuer vergangen, halb aus Trägheit, halb, um bei der Arbeit einen klaren Kopf zu bewahren … Und wenn es mich an manchen Abenden überkommt, wenn ich mal wieder ein bisschen die Füße auf die Erde kriegen will, mache ich mich fein und gehe in eine dieser kleinen Bars in Nantes, die erst spät nachts schließen und wo man manchmal leichte Bekanntschaften macht … Aber ich gehe immer seltener hin. Ebenfalls aus Trägheit … Vielleicht … Außerdem werde ich langsam alt! …«

Ihre Blicke begegneten sich, doch diesmal wandte er seinen nicht ab, sondern hielt dem Blick der Frau lächelnd stand. Sie blieben eine ganze Weile so sitzen.

Er hätte nicht sagen können, ob sie ihn überhaupt wahrnahm, während sie ihn so musterte.

»Um lüstern zu sein, muss man verliebt sein«, sagte sie.

Bélouard spürte, dass er wieder rot anlief.

»Oh …«, sagte er verlegen und vor allem arg verwirrt.

Dann kam die Nacht, und erneut die leere Dunkelheit, die trostlose unfassbare Einsamkeit seines Schlafzimmers. Und viel später, kurz vor Morgengrauen, als er noch immer keinen Schlaf gefunden hatte und sich sagte, noch ein Gespräch dieser Art, und ich werde nie wieder einschlafen können …, glaubte er plötzlich etwas zu hören. Einen Schrei. Er glaubte, einen Schrei gehört zu haben. Einen schwachen, erstickten, eigenartigen Schrei … Und dann wieder Stille. Schon zweifelte er daran, blieb einen Moment unentschlossen in seinem Bett liegen und lauschte angespannt. Schließlich stand er doch auf. Er knipste nicht einmal die Lampe an. Im Dunkeln tastete er sich vorsichtig bis an die Tür, öffnete sie und spitzte die Ohren. Nichts. Der Flur. Das bleierne, stumme Halbdunkel des Flurs, der vom helleren Dunkel des Wohnzimmers schwach erleuchtet wurde, und die Stille. Und plötzlich wieder. Diesmal kein Schrei, sondern eine Art hohes Wimmern, das aus dem kleinen Raum gekommen war, ein kehliger Laut, ein ersticktes Schluchzen. Er ging hin und heftete das Ohr an die Tür, wagte aber weder anzuklopfen noch am Holz zu kratzen. »Alles in Ordnung?«, fragte er leise, erhielt jedoch keine Antwort. Er blieb noch eine Weile lauschend so stehen, dann legte er sich wieder ins Bett, mit leerem Herzen. Die Nacht schien umgehend ihren langsamen Malstrom aus aufwühlenden Bildern und unstillbaren Sehnsüchten wieder aufnehmen zu wollen.

Doch diesmal schlief er fast augenblicklich ein.

11

Am Freitagabend wurde er verhaftet. Gegen neunzehn Uhr, zur Ladenschlusszeit. Später erzählte man sich, zwischen dem Moment, da der Staatsanwalt grünes Licht gegeben und dem Richter die letzten Beweisstücke überreicht hatte, und dem Moment, da dieser nach Einsichtnahme in die neuen Dokumente ebenfalls grünes Licht gegeben hatte, hätten sich die Polizisten ununterbrochen abgelöst. Sie hätten Aspirin, Sonnenöl, Präservative oder – wenn es Frauen waren – Schwangerschaftstests gekauft, auf die natürlichste Weise der Welt. Solange, bis die richterliche Anordnung kam: punkt neunzehn Uhr. Trotz des großen Polizeiaufgebots wurde mit äußerster Diskretion vorgegangen, sodass die Leute im Ort regelrecht aus allen Wolken fielen, als die Sache am nächsten Tag bekannt wurde; die Presse hatte man vorsorglich aus der Sache herausgehalten, und bis dahin (bis die Verhaftung am Samstagmorgen publik gemacht wurde) hatte niemand etwas gehört oder bemerkt – außer vielleicht, dass die Apotheke an diesem Samstag entgegen aller Gewohnheit geschlossen war. Also tatsächlich mit großer Diskretion. Man muss dazu sagen, dass man die Reaktionen des mutmaßlichen Mörders gefürchtet und daher alles getan hatte, um Probleme zu vermeiden.

Bélouard war an diesem Abend kurz vor neunzehn Uhr nach Hause gegangen, ungefähr als die Anordnung an die am anderen Ende des Ortes – in der Rue Jean-Moulin – postierten Polizisten rausging; kurz darauf saß er in Claire Brunels Gesellschaft im Wohnzimmer auf dem Sofa. Sie hatte ihn gerade nach der Geschichte mit dem Boxer gefragt. Sie wirkte entspannt, beinahe aufgeräumt. »... sehr nette Leute, sie wohnen in der Nähe von Malville ...« (Zum selben Zeitpunkt bediente die Laborantin der Vincents in der Rue Jean-Moulin die letzte Kundin, während die Vincents, Madame und Monsieur, ihren Kittel aufhängten.) »Sie haben eine Menge Tiere«, erzählte Bélouard. »Zwei Boxer, Pferde, Ponys, einen Esel, unzählige Katzen und, man staune, zwei Affen.«

»Affen?«

»Ja. Schimpansen.«

»Behandeln Sie die auch?«

»Nein, leider nicht ... es würde mir natürlich Spaß machen, aber man muss auch sagen: zum Glück! Denn diese beiden Früchtchen halten einen ganz schön auf Trab. Einmal ist einer der beiden krank geworden, wohl nur eine Magensache, nichts Ernstes, aber sie haben ihn lieber nach Nantes zur Veterinärschule gebracht, weil die Behandlung umsonst ist. Dort reißt man sich förmlich darum, mal einen Affen behandeln zu dürfen ...« (In der Rue Jean-Moulin verließ in dem Moment die letzte Kundin die Apotheke; Odile – die Laborantin – schlüpfte aus ihrem Kittel, und die Polizei ringsum hielt sich bereit.) »Sie waren aus dem Haus gegangen, um nach den Pferden zu sehen, oder so«, fuhr Bélouard fort. »Jedenfalls dauerte es nicht lange. Und als sie zurückkamen, hörten sie Schreie im Haus. Die

Schimpansen kreischten und zankten sich offenbar. ›Was treiben die beiden bloß wieder?‹, fragten sie sich, denn bei denen muss man immer auf die tollsten Sachen gefasst sein. Aber diesmal stritten sie nicht miteinander, sondern waren im Gegenteil ein Herz und eine Seele. Sie spielten bloß miteinander, wie meine Freunde sich überzeugen konnten, als sie ihr Wohnzimmer betraten – es sah dort aus wie in Sarajevo …« (Genau in diesem Augenblick wollten die Vincents und ihre Assistentin die Apotheke verlassen.) »… ein wahres Schlachtfeld«, sagte Bélouard. »Die beiden Spaßvögel waren auf einen Schrank geklettert, wo sie allerlei Zeug zusammengerafft hatten – Vasen, Bücher, Aschenbecher, Schallplatten, Videokassetten – alles, was sie in die Finger hatten kriegen können! –, und schleuderten die Sachen auf die beiden Boxer, die hinter dem Sofa in Deckung gegangen waren. Sie waren ganz erstarrt vor Angst und wagten sich nicht mehr hervor. Und genau deshalb machten die Affen solchen Radau, weil die Hunde nicht rauskommen wollten. Überall lagen Glassplitter und Scherben. Einer der beiden Hunde hatte eine Platzwunde am Kopf, direkt überm Auge.« Bélouard brach in Lachen aus. »Der arme Kerl … Ich sehe ihn noch immer vor mir mit seinem kugelrunden Kopf und der Plastikglocke drum herum, als ich ihm vorgestern die Nähte gezogen habe … ich glaube, er wusste immer noch nicht, wie ihm geschehen war …«

Madame Vincent in der Rue Jean-Moulin begriff derweil auch nicht, wie ihnen geschah. Dass jemand die Kasse oder Medikamente rauben wollte, wie Odile für den Bruchteil einer Sekunde geglaubt hatte (trotz der Armbinden mit der Aufschrift POLIZEI) – auf die Idee war sie gar nicht gekommen, sondern hatte die vier wie aus dem Nichts aufgetauchten Männer nur müde angelächelt. Nicht einmal die Waffen hatte sie gesehen. Sie sah sie erst, als die Männer sie in den Holster unter ihrer Jacke zurücksteckten und ihr Mann (der noch nicht einmal Zeit gehabt hatte, das Eisengitter herunterzulassen und zu verschließen) bereits in Handschellen war und zu einem Auto gezerrt wurde, das ebenso plötzlich vor ihnen gehalten hatte. Ja, all dem hatte sie (Madame Vincent) beigewohnt – den Handschellen, den weggesteckten Waffen, dem heranfahrenden Wagen, in dem ihr Mann verschwand – ohne ihr etwas gezwungenes, müdes Apothekerinnenlächeln abzulegen. Zwei Männer boten ihr an, sie nach Hause zu begleiten – um ihr noch ein paar Fragen zu stellen, wie es hieß –, während sie noch mit den Augen nach ihrem Mann suchte. Doch das Auto war schon längst fort. »Patrick? …«, fragte sie etwas hilflos. Und eine Frau, die ebenfalls aus heiterem Himmel aufgetaucht war, wiederholte das Angebot, sie nach Hause zu begleiten. »Aber Patrick? …«, fragte sie erneut, diesmal mit einem Hauch von Panik in der Stimme. »Kommen Sie, Madame Vincent«, sagte die Frau. Und schließlich ging sie mit. Währenddessen sagte ein junger Inspektor zu Odile, dass es vorbei sei und sie nun nach Hause gehen könne. Sie hatte sich nicht fortgerührt von der Stelle, an der sie sich einige Minuten zuvor von ihrem Chef hatte verabschieden wollen. Die junge Frau starrte den Inspektor ein paar Sekunden mit leerem Blick an, bevor sie sich zum Schaufenster umwandte: »Das Gitter …«, murmelte sie. Da stellten sie fest, dass Vincent samt dem Schlüssel verhaftet worden war. »Verflucht!«, rief der Inspektor. Das Gitter wurde heruntergezogen, aber natürlich musste ein Polizist in der

Nähe postiert werden, möglichst nicht zu weit weg von der Apotheke, bis jemand den Schlüssel aus dem Zentralkommissariat oder einen Ersatzschlüssel aus dem Haus der Vincents geholt hätte. Abgesehen von diesem Detail war jedoch alles glatt über die Bühne gegangen. Es war gerade erst neunzehn Uhr zehn. »Sie versuchen ernsthaft, die beiden Affen loszuwerden, finden aber niemanden, der bereit wäre, sie aufzunehmen«, sagte Bélouard.

Als man am nächsten Morgen erfuhr, dass Vincent verhaftet worden war und wegen fünffachen Mordes in Les Sauvignères in Untersuchungshaft saß, war das Entsetzen groß. Das ist bei solchen Fällen häufig so, erklärte Bélouard am späten Vormittag einem fassungslosen Kunden: »Da der Schuldige nur einer von uns sein konnte, musste man damit rechnen, dass es jemand war wie Sie oder ich.« Aber trotzdem! Vincent? Das wollte niemand so recht glauben. (Zumindest anfangs nicht; denn die Wertschätzung, die man einem Menschen entgegenbringt, währt in etwa so lange, wie man braucht, um ein Gewehr durchzuladen – eine sehr kurze Zeitspanne also.) Die Journalisten wurden als Erste informiert. Gegen halb zehn, zehn. Schnurstracks eilten sie zu den Händlern des Orts, vorrangig zu den benachbarten Läden der Apotheke – dem Fleischer in der Rue des Sauliers, der Bäckerin und dem Optiker in der Rue Longue –, um sie mit Fragen über Vincent zu löchern. Wo er wohnte; was für eine Art Mensch er war; ob er verheiratet war; ob er Kinder hatte; was sie für ein Verhältnis zu ihm hatten; wie sie die Beziehung zu seiner Frau einschätzten, usw. Man antwortete höflich, aber zurückhaltend, fragte sich dann allmählich (und zwar mit wachsender Beunruhigung), warum man ihnen auf einmal so viele Fragen über diesen so reizenden Nachbarn stellte. Man sagte es ihnen. Zumindest das wenige, was man wusste: die Verhaftung, die Anschuldigungen. Nein, sagten sie, unmöglich. (Der Fleischer hatte sogar mit entwaffnender Naivität hinzugefügt: »Bei meinem Beruf hätte ich es ja noch eingesehen, aber bei ihm … nein!«) Nicht er. Nicht Vincent. Der war ein ruhiger, eleganter Mann mit ausgesuchten Umgangsformen, aus guter, wohlhabender Familie (wie das große, in einem weitläufigen Park gelegene Haus am Ortsausgang bezeugte, an der Straße nach Savenay), verheiratet mit einer ausgesprochen schönen und eleganten Frau, die zwar ein wenig distanziert, aber unprätentiös war und mit der er sich bestens verstand. Jedenfalls von außen zu urteilen; schließlich kann man nicht in die Leute hineinschauen. Aber *das* war unmöglich, nein, ausgeschlossen, fügten sie am Ende hinzu, bereits wankend, mit geschultertem Gewehr. Sie haben eine fünfzehnjährige Tochter, die ein wahrer Engel ist, und er, Vincent, singt hier im Kirchenchor. Ja (lautete die Antwort). Eben, genau wie Geneviève Mangin … Und warum sollte der Untersuchungsrichter sich die Mühe gemacht haben, ihn zu beschuldigen? Und warum war gerade heute Morgen die Apotheke geschlossen?

Der Optiker hatte es schon von einem seiner Kunden gehört. Die Bäckerin und der Fleischer zeigten dieselbe Reaktion: Sie gingen nachsehen, wollten einen Blick in die Rue Jean-Moulin werfen. Tatsächlich, geschlossen. Verdammt! Tja! Man weiß eben nie, was in den Leuten vorgeht; man steckt einfach nicht in den Köpfen der anderen. Dann gingen sie in ihren Laden zurück mit dem flauen Gefühl, dass niemand vor nichts gefeit ist und Vincent, ein in jeder Hinsicht feiner Mann, gewissermaßen der allgemeinen Verrohung zum Opfer gefallen war. Damit hatten sie nicht einmal ganz unrecht, aber dieser erste Eindruck sollte nicht von langer Dauer sein. Die Journalisten hatten sich wieder auf die Suche nach der armen Odile begeben oder waren zu besagtem Privatgrundstück an der Straße nach Savenay aufgebrochen.

Apropos Odile, ja, stimmt, es gab das Gerücht, sie hätte am Abend zuvor mehrmals versucht, ihre Chefin telefonisch zu erreichen. Erst hatte niemand abgehoben, dann war es lange besetzt gewesen. Am Ende war es Odile schließlich gelungen, sie ans Telefon zu bekommen und mit ihr zu sprechen, etwa gegen zehn Uhr abends. Madame Vincent soll ihr mit schwacher Stimme, die wie eine aus dem Jenseits klang, gesagt haben, dass sie nicht lange telefonieren könne, weil sie einen wichtigen Anruf erwarte, und dass alles eine unfassbare und abscheuliche Verwechslung sei, dass die Wahrheit aber bald ans Licht käme, sie bis dahin jedoch nicht die Kraft hätte, die Apotheke weiter geöffnet zu halten.

Und man erzählte sich auch, sie habe dabei geklungen, als glaube sie ihren eigenen Worten nicht.

12

Mein Gott! Der Schönling! …, sagte sich Bélouard. Nachdem der Kunde gegangen war, von dem er die große Neuigkeit erfahren hatte – oder zumindest das, was zu dem Zeitpunkt die Runde gemacht hatte –, war er nun selber verblüfft. (Nein, nicht der Kunde, dem er mit seinen Weisheiten über den Schuldigen, jemanden »wie Sie oder ich« gekommen war, sondern der davor.) Mochte er im ersten Augenblick auch genauso ungläubig und sprachlos sein wie alle anderen, so war er doch auch schon im Begriff, das Gewehr zu schultern. Oder anders ausgedrückt: Er fing an, einen Mann, den er bis dahin für völlig untadelig gehalten hatte, als Ungeheuer zu betrachten.

Nun hatte er Vincent nie besonders gemocht. Oder genauer gesagt, Vincent hatte ihn nie besonders gemocht. Der Apotheker hatte nicht nur gehörig dazu beigetragen, ihm damals, als er noch trank, seine Kundschaft abspenstig zu machen – was Bélouard immerhin noch verstehen konnte –, sondern auch in den letzten Jahren damit weitergemacht, obwohl er von dessen Genesung wusste. Was ziemlich unfair war. Vielleicht weil Achard, der Tierarzt aus Savenay (übrigens ein eher sympathischer Mensch), Bridgespieler oder so was war. Oder aus irgendeinem anderen unerfindlichen Grund … Aber er hatte wirklich eine schöne Frau. Und es lässt sich nicht ausschließen, dass Bélouard damals, als sein Urteilsvermögen noch allzu häufig beeinträchtigt war, in einem unpassenden Moment, auf taktlose oder zumindest nicht sehr elegante Weise seine Ansicht über Madame Vincents Schönheit geäußert hatte. Er konnte sich jedoch an nichts dergleichen erinnern. Davon abgesehen war das jetzt belanglos. Er dachte auch schon nicht mehr daran. (Ja, er fragte sich nicht einmal nach dem Motiv, das Vincent gehabt haben könnte, in Les Sauvignères fünf Menschen, darunter zwei Kinder, umzubringen.) Sondern er sagte sich bloß: Auch wenn man über jeden Zweifel erhaben ist, wird sich keiner finden, der trotz der Beweise, trotz des äußeren Anscheins seine Hand für einen ins Feuer legt … Vielleicht nicht einmal seine Frau. Vielleicht nicht einmal seine Tochter … Aber das waren letztlich nur Gedanken, die zu nichts führten und aus denen er im Übrigen kurz darauf von dem zweiten Kunden des Vormittags herausgerissen wurde; von einem geschwätzigen und ebenfalls völlig fassungslosen Kunden, der ihm extrem auf die Nerven ging, zumal der einen Schuhkarton mit einem Wurf zitternder Kätzchen mitbrachte, die allesamt eingeschläfert werden sollten. Nachdem er ihm sein Sätzchen mit dem Schuldigen *wie Sie oder ich* an den Kopf geworfen hatte, sah ihn der andere nur verständnislos an; Bélouard bot ihm daraufhin an, die Katze zu operieren, und fügte hinzu, dass ihm auf diese Weise erspart bliebe, in regelmäßigen Abständen seinerseits vier oder fünf Individuen umzubringen.

Dann, gegen eins, dem immer gleichen, auf ewig festgeschriebenen Ritual folgend, ging er zum Mittagessen.

Diesmal war es nicht so voll. Er hatte damit gerechnet,

viel mehr Leute anzutreffen. An einem Tisch mit zwei weiteren Personen erkannte er schon von Weitem den Inspektor mit dem schütteren Haar wieder, dem er in Le Temple begegnet war, Monsieur Decombe hingegen konnte er nirgends entdecken. Am Tag zuvor hatte er ihn auch nicht gesehen. »War Monsieur Decombe nicht da?«, fragte er Elisabeth. »Nein«, gab sie zurück und fügte dann gleichgültig hinzu: »Ich habe Ihren Tisch bereits vergeben, ich dachte, heute Mittag würden wieder alle da sein … Nehmen Sie Platz, wo Sie wollen …« – »Gestern auch nicht?« Die Kellnerin blickte ihn an, als hätte sie schon vergessen, wovon er redete. »Nein, gestern auch nicht«, sagte sie. Bélouard tastete nach seinem Handy, doch die Taschen waren leer. Ich werde wohl nie lernen, dieses verdammte Ding mitzunehmen!«, dachte er ärgerlich.

Doch er war mit den Gedanken schon nicht mehr bei seinem ehemaligen Schuldirektor. Ebenso wenig grübelte er über Vincent, sondern dachte an Claire Brunel. An den schönen Abend, den sie gemeinsam verbracht hatten, an die Geschichten, die sie sich erzählt hatten; an die Tatsache, dass es ihm zwei-, dreimal gelungen war, sie zum Lachen zu bringen. Die heimliche Vorfreude und das ungeduldige Warten auf den Abend, wenn es wieder Zeit wäre, nach Hause zu gehen und mit ihr gemeinsam zu essen, brachten ihn zum Lächeln. Das wird komisch, wenn sie wieder …, schoss es ihm durch den Kopf, doch er beendete den Satz nicht. Nein. Jetzt noch nicht. Er wollte es sich gestatten, noch ein wenig an sie zu denken (an *Claire*, wie er sie insgeheim nannte), und die Zukunft ausklammern. Ihm genügte die Wahrscheinlichkeit, die mögliche Gewissheit, sie heute Abend wieder bei sich zu Hause anzutreffen. Sie schien ihren Mann nicht mehr sonderlich zu lieben. Sie schien ihn sogar überhaupt nicht mehr zu lieben. Aber da war einiges, was er nicht recht begriff. Manches leuchtete ihm ein, sicher, viele Dinge konnte er sich erklären, aber dieses Gewaltsame – dessen ganzes Ausmaß ihm sicher verborgen blieb –, irgendetwas daran entzog sich seinem Verständnis, so wie die Tragödien anderer uns oft lächerlich anmuten oder uns weniger existenziell erscheinen, weil wir sie nur von außen betrachten. Claires urplötzliche Ängste (oder was er dafür hielt), ihre Verzweiflungsanfälle, mit denen sie sich in ihr Zimmer einschloss, diese manchmal fast mineralische Härte ihres Blicks, die unterdrückten Schreie, die er in manchen Nächten zu hören glaubte, das alles verunsicherte und verwirrte ihn … Es war eine seltsame Mischung aus Verständnis und Unverständnis, die vielleicht am ehesten vergleichbar war mit dem Gefühl, das manche Gemälde bei einem auslösen, wenn man spürt, dass es an irgendeiner Stelle hakt, obwohl alles normal wirkt, und man erst nach einer Weile entdeckt, dass der Schattenwurf nicht der Lichtquelle entspricht. So konnte er sich zwar vorstellen oder ahnen, was für diese Frau alles zusammengebrochen war – die Zukunftspläne, die Hoffnungen, die Träume –, doch es war unmöglich, die Folgen abzuschätzen und sich eine genaue Vorstellung von der Natur und dem Ausmaß ihres Leids zu machen. So erklärte sich wohl auch dieser vage Eindruck, dass irgendetwas in ihren sichtbaren Gefühlsäußerungen unstimmig war. Wir projizieren nie das richtige Licht auf die Schatten einer anderen Person.

Er hatte angefangen zu essen.

Mittlerweile hatte sich das Café gefüllt, es belebte sich nebenan; Stimmengewirr drang herüber, vermutlich Journalisten; zwei oder drei von ihnen steckten kurz den Kopf in den Speisesaal, warfen einen Blick in die Runde und wechselten ein paar Worte mit Elisabeth, bevor sie an den Tresen zurückkehrten.

Was dir nicht in den Kopf will, sagte sich Bélouard, was dich an der Sache bedrückt, ist im Grunde doch nur, dass sie immer noch so verzweifelt ist, obwohl sie einen Typen, der sie schlägt, gegen einen Pfundskerl wie dich eingetauscht hat ... Genau das bedrückt dich, nichts weiter ... und das ist nicht sehr nett von dir, mein Dickerchen ... frag dich mal lieber, warum sie *dich* und nicht irgendeinen anderen ausgesucht hat ... Weil du für sie gar nicht existierst, das ist es, was in ihren Augen deinen Wert ausmacht. Sie hatte keine Lust, nach den Schlägen auch noch den demütigenden Blick von jemandem ertragen zu müssen, der existiert – also von jemandem, der nicht mehr als der dicke Schatten seiner selbst ist. Das ist alles. Dass es dir gelingt, sie ab und zu zum Lachen zu bringen, ändert nichts daran ... Das wiederholte er unablässig, um wieder auf den Teppich zu kommen. Doch er konnte machen, was er wollte; er konnte sich noch so zwingen, an etwas anderes zu denken, diese unterschwellige Heiterkeit kehrte immer wieder zurück (dieses Gefühl der Freude – wie Spinoza gesagt hätte –, begleitet von der Vorstellung einer äußeren Ursache); nichts zu machen, es kehrte stets zurück mit seinem Gefolge aus Träumen und süßen Hirngespinsten. Bélouard konnte sich weder davon befreien noch zur Vernunft kommen. Also gut, bis zum Nachtisch, sagte er sich schließlich, bis ich mit dem Essen fertig bin ... In diesem Augenblick steuerte der Polizist aus Le Temple auf ihn zu:

»Essen Sie heute allein?«

Fragend sah Bélouard ihn mit seinen blassblauen Augen an und schüttelte ihm die ausgestreckte Hand. Der Inspektor fügte lächelnd hinzu:

»Vorgestern waren Sie mit einem alten Herrn hier …«

»Ach! Sie waren auch …«

»Gleich am Nebentisch.«

»Ah ja«, sagte Bélouard.

»Ich würde Sie gern etwas fragen …« Bélouard bot ihm an, sich zu setzen. »Nein, nein«, sagte der Mann, »es dauert nur eine Minute … Damals, als Sie noch in Les Sauvignères zu tun hatten«, Bélouard verzog das Gesicht, »… ich meine zu der Zeit, da Mangin sich noch an Sie wandte … Wie lange ist das her?«

»Vier oder fünf Jahre«, antwortete Bélouard.

Der Inspektor nickte.

»Haben Sie damals nie von einem Soldaten reden gehört?«

»Von was für einem Soldaten?«

»Ich weiß es nicht. Ein Soldat eben. In Les Sauvignères …«

»Nein«, sagte Bélouard.

»Gut«, sagte der Inspektor. »Dann war's das auch schon …« Aber er rührte sich nicht von der Stelle, sondern sah Bélouard weiter an – blickte in sein rundes, pausbäckiges und sympathisches Gesicht. Nachdenklich fügte er hinzu:

»Wie heißt eigentlich der Tierarzt, der Ihr Nachfolger wurde?«

»Achard«, sagte Bélouard. »Wenn er es immer noch ist, aber ich glaube schon … Seine Praxis liegt in Savenay … Aber ich dachte, Sie hätten den Schuldigen gefasst.«

»Ja, bestimmt«, erwiderte der Inspektor lächelnd. »Ich habe Sie am Donnerstagnachmittag hoffentlich nicht zu sehr gequält.«

»Ach was«, sagte Bélouard. »Nein, nein ... man hat nur immer den Eindruck, es gäbe so vieles, was man sich vorwerfen müsste ...«

Der Inspektor lachte kurz mit geschlossenen Lippen.

»Ich verhehle Ihnen nicht, dass dieser Eindruck uns oft nützlich ist.«

»Hatten Sie mich etwa im Verdacht?«, fragte Bélouard ganz unbefangen.

»Eigentlich nicht. Aber nachdem ich Ihr Jackett gesehen hatte ...«

Er zeigte mit dem Finger auf die Garderobe im hinteren Teil des Restaurants. Bélouard sah ihn verständnislos an.

»Wir haben ein Stück von dem gleichen Jackett am Tatort gefunden«, sagte der Mann. »Vincent hat fast das Gleiche.«

Bélouard sagte nichts, sondern schaute ihn nur mit demselben verstörten Gesichtsausdruck, demselben etwas verlorenen und wasserblauen Blick an, in dem sich nicht einmal Erstaunen widerspiegelte. Und als hätte die Information all die Zeit gebraucht, um bis zu seinem Hirn vorzudringen, sagte er nach einer Weile bloß: »Na, das ist jetzt aber ein Ding ...« Der Inspektor zuckte entschuldigend mit den Achseln. Dann fragte er freundlich:

»Ist Ihre *Mitbewohnerin* immer noch bei Ihnen?«

»Ja«, sagte Bélouard.

»Und, läuft alles gut?«

»Ja ...«

Der Inspektor nickte und lächelte gutmütig. Sein Lächeln wirkte traurig und gerührt zugleich.

»Gut«, sagte er freundlich, »aber seien Sie trotzdem auf der Hut mit dem Ehemann. Nicht, dass er auch noch ausrastet. Ich möchte nicht …«

Er beendete seinen Satz nicht.

Sie schüttelten sich die Hand.

»Warum hat Vincent das getan?«, fragte Bélouard.

»Er hat noch nicht gestanden«, antwortete er, bevor er mit neutraler Stimme hinzufügte: »Wir vermuten: Verbrechen aus Leidenschaft …«

»Madame Mangin?«

»Ja.«

»Aber die andern? Die Töchter?…«

Der Inspektor zuckte mit den Schultern.

»Verbrechen aus Leidenschaft«, wiederholte er.

An diesem Nachmittag kehrte Bélouard, mit Einkaufstüten beladen, gegen sechzehn Uhr nach Hause zurück. Nachdem er seine Vorräte in die Küche geräumt hatte, ließ er sich im Wohnzimmer auf das Sofa fallen. Wenn ich bedenke, dass ich reif für den Knast gewesen wäre, wenn ich das Gleiche gehabt hätte, dachte er mit einem deutlichen Hang zur Übertreibung. Claire war noch nicht da, kam aber kurz nach ihm. Sie schien keinen guten Tag gehabt zu haben. (Das kam recht ungelegen: Er wollte ihr eigentlich einen kleinen Vorschlag machen.) Er erzählte ihr von Vincents Verhaftung und von der Geschichte mit dem Jackett – die ihn im Nachhinein immer mehr erstaunte. (Es war, als sei eine Bresche in die Mauer zwischen ihm und dem Albtraum von Les Sauvignères geschlagen worden, jetzt, wo er beinahe verdächtigt und gewissermaßen in die Angelegenheit verwickelt worden wäre.) Claire reagierte nicht, sie sagte nichts und war diesen Neuigkeiten gegenüber so teilnahmslos, als hätte sie sie nicht einmal gehört – was nicht ausgeschlossen war. Schweigend setzte sie sich neben die Fenstertür. Dort blieb sie im Sonnenlicht sitzen und blickte durch die Tüllgardinen hinaus auf die Straße und betrachtete die Bäume oder weiß Gott was. Bélouard sah schüchtern ihre hell beschienene Gestalt an. Er war besorgt und verzückt zugleich. Sie trug ein langes blutrotes Kleid mit kurzen Ärmeln, dessen dünner, aber schwerer Stoff ihre Figur betonte. Schließlich wandte sie sich um und setzte sich langsam und resigniert neben ihm, aufs Sofa, wo sie eine ganze Weile kein Wort wechselten, wie zwei Fremde. Bélouard wagte nicht, ihr seinen Vorschlag zu unterbreiten; er ahnte bereits, dass sie ihn ausschlagen würde.

Irgendwann brach sie das Schweigen und sagte mit tonloser Stimme, erschöpft, distanziert, ohne den Kopf zu ihm zu drehen.

»Was haben Sie in letzter Zeit für Tiere behandelt?«

»Oh …«, sagte er, »am Samstag …« Dann fügte er hinzu: »… zwei Einhörner und ein Mammut.«

Sie lächelte.

»Was fehlte ihnen denn?«

»Den Einhörnern nichts, es sind Hypochonder. Aber das Mammut hatte ein kleines Ekzem, ich musste ihm den Rücken mit einer Harke kratzen.«

Sie lächelte.

»Hat es ihm gefallen?«

»Ja, sehr. Es hat ihm enorm gefallen … Das einzige Problem war, dass es nur seine Stoßzähne hatte, um mich zu bezahlen, und mir einen geben wollte …«

»Haben Sie ihn abgelehnt?«

»Nein, nein, ich habe ihn genommen; aber es war viel zu viel.«

Er verstummte. Es folgte ein längeres Schweigen. Sie saßen noch immer regungslos nebeneinander, wie in einem Wartesaal, wo die Leute sich nicht kennen, und starrten auf das große Fenster, die Blicke in der leuchtenden Tüllgardine verloren.

»Wie haben Sie das gelöst? Haben Sie ihm weiter den Rücken gekratzt?«

»Nein, überhaupt nicht. Ich habe ihm Klaviertasten als Wechselgeld rausgegeben … Damit ist es dann zufrieden nach Hause gegangen.«

Schließlich rang sich Bélouard durch und stand auf.

»Gut«, sagte er, »ich muss noch schnell einen kleinen Anruf erledigen, und dann mache ich Ihnen einen Vorschlag.«

Er nahm das Telefon und ging zum Tisch hinüber. Dort schlug er das Telefonbuch auf, blätterte ein wenig darin und wählte eine Nummer.

»Es ist sehr nett von Ihnen, dass Sie sich Sorgen gemacht haben«, antwortete kurz darauf die dünne und ferne Stimme von Decombe, »aber ich konnte diese Geier einfach nicht mehr ertragen. Ich warte, bis der Spuk vorüber ist, erst dann setze ich wieder einen Fuß dort hinein. Es wird ohnehin nicht mehr lange dauern … haben Sie schon gehört … der Apotheker?«

Nachdem Bélouard aufgehängt hatte, wandte er sich zu ihr um.

»Ich hätte da eine Idee für morgen«, sagte er etwas verlegen mit seinem breiten gutmütigen Lächeln.

13

Das wäre nie enttäuschend. Niemals. Das konnte es gar nicht. Immer würde es etwas geben, das sich zu dieser Seite hin öffnen würde – solange es eine Erde und einen Ozean gäbe und solange jemand käme, um sich an ihr äußerstes Ende zu stellen, um ihn zu betrachten. Und zu träumen. Um allmählich ruhiger zu werden, angesichts des ewigen, endlosen Schauspiels der grauen Wellen, allmählich eingenommen zu sein von etwas, das sich unablässig wiederholt, unablässig das Innere anspricht, seine Schwächen, seine Verzweiflung und sein Gefangensein. Etwas, das ihm die Gewissheit einer letzten Fluchtmöglichkeit gibt, eines fantastischen Wegs in die Neue Welt, um ihn aufs Neue zu ermutigen, noch einmal ein wenig an die Welt zu glauben, und ihm etwas Hoffnung zu geben. Etwas, das unermüdlich und auf rätselhafte Weise die Möglichkeit zu Größe, Abenteuer und Befreiung verheißt. Machtvoller als jedes andere Wissen, letzten Endes wahrhaftiger als jeder hellsichtige und oft erdrückende Gedanke. Und der, der sich auf das Meer einlässt, erreicht dessen Größe, und die Wogen, die Brandung, der Strudel, die Gischt in ihm haben den Klang, die Kraft und den Geruch der Wahrheit.

»Es wäscht uns rein …«, flüsterte Bélouard.

Sie hatten schon vor einer ganzen Weile mit dem Essen aufgehört und blickten stumm aufs Meer hinaus. Wie ein dicker Buddha, dem der Bauch über den unsichtbaren Gürtel quillt, das Gesicht ganz gerötet von der Sonne und der frischen Luft, saß er im Schneidersitz neben der Decke, auf der die Reste vom Picknick lagen; in ihrem granatroten Kleid, die Arme um die Knie geschlungen, saß Claire auf der anderen Seite. Auf ihrem undurchdringlichen Gesicht lag wieder jener merkwürdige Ausdruck von Verachtung. Sie saßen an einem kleinen Stück Strand, der von Felsen umgeben war. Das Meer zog sich gerade wieder zurück.

»Haben Sie schon von Moby Dick gehört?«

Sie schüttelte den Kopf.

»Das war ein Wal … ein riesiger Wal …«

Stimmen – Lachen, Kindergeschrei, unverständliche Gesprächsfetzen – schallten von Zeit zu Zeit vom Weg an den Klippen herüber. Es waren eine Menge Spaziergänger unterwegs, aber noch war keiner gekommen, die friedliche Zweisamkeit ihrer Bucht zu stören.

»Was hat er gemacht?«

»Nichts. Er führte sein Walleben. Aber er war so groß, so Furcht einflößend, dass kein Walfänger je vermochte, ihn zu töten, und er am Ende zu einer Art Legende wurde, die die Männer sich erzählten. Ein Ungeheuer, an das sie nur noch zur Hälfte glaubten … Bis auf einen von ihnen: ein Kapitän namens Ahab. Seinetwegen hatte er ein Bein verloren, und seitdem hasste er ihn so sehr, dass der Gedanke, ihn zu töten, ihn völlig beherrschte. Ihn zu töten. Dazu war er bereit, die ewige Verdammnis auf sich zu nehmen … Und genau das tat er dann auch!«

Er machte eine Pause, als versuche er sich zu erinnern, was er einst gelesen hatte, oder ganz einfach nur, um das Meer zu hören.

»Und ist es ihm gelungen?«, fragte sie mit merkwürdig erstickter Stimme.

»Moby Dick zu töten? Ahab? Nein, ich glaube nicht … Am Ende ist es der Wal, der ihn tötet und alles vernichtet, das Schiff und die Mannschaft … Aber kurz bevor Ahab stirbt, sagt er noch etwas wie: ›Bis zum Letzten schlag ich nach dir, noch aus dem Herzen der Hölle stech ich nach dir …‹«

Claire sprang jäh auf. Bevor er überhaupt begriff, was los war, und sich seiner Dummheit bewusst wurde, war sie schon die Felsen hinaufgeklettert und aus seinem Blickfeld verschwunden. Bis zum Letzten schlag ich nach dir, noch aus dem Herzen der Hölle stech ich nach dir …, wiederholte er innerlich … Also wirklich, als Armleuchter bist du einsame Spitze! Er hatte den Eindruck, alles kaputt gemacht zu haben. Schwerfällig stand er aus seinem Schneidersitz auf. Du Hornochse! Du verdammter Hornochse! … Bis zum Letzten schlag ich nach dir! … Wirklich! Du bist ein gottverdammter Hornochse! Er kletterte ebenfalls die Felsen hoch und suchte mit den Augen nach ihr, konnte sie aber nirgends erblicken; sie war spurlos verschwunden. Er irrte schon eine ganze Weile umher, als er auf einer kleinen Landzunge in einer tiefen Felsenschlucht endlich Fußabdrücke im Sand sah und in die Spalte hinabstieg. Er drang in eine Höhle ein, wo es rasch dunkler wurde, und folgte den Spuren im Sand. Ein leichter Aasgeruch lag in der Luft. »Hallo! Sind Sie da?«, rief er leise. Er war stehen geblieben. Seine Augen, die noch vom Sonnenlicht geblendet waren, konnten dort hinten in der Tiefe nichts erkennen. »Huhu«, rief er, »ich …«

»Lassen Sie mich, verschwinden Sie«, schrie sie.

Ihre Stimme klang böse. Er wusste nicht, was er tun sollte. Einen Augenblick blieb er stehen und rührte sich nicht von der Stelle. In der stinkenden dunklen Grotte, die das Echo des Meeres wie das Fauchen eines riesigen Tieres zurückwarf, fühlte er sich überflüssig und hilflos. »Ich bin ein Esel«, rief er schließlich, bevor er sich umwandte und ging.

Traurig lief er zu der kleinen Bucht zurück. Die blaue Decke mit den braunen und weißen Streifen, die Reste des Picknicks, ihre Sachen – das waren die leeren, etwas grausamen Überreste der angenehmen Momente, die sie miteinander verbracht hatten. Im Schneidersitz setzte er sich wieder an dieselbe Stelle wie vorhin auf sein Jackett und wartete. Vor ihm glitzerte silbrig das ruhige, murmelnde Meer.

Sie kehrte erst viel später zurück. Als er sie kommen sah, erhob er sich sofort und setzte ein bekümmertes Gesicht auf, das recht komisch aussah. Er hob mehrmals die Arme an und schlug sich seitlich auf die Schenkel, während sie die Felsen hinabstieg.

»Es tut mir leid«, sagte er und verzog das feiste rote Gesicht zu allerlei komischen Grimassen, »es tut mir leid, ich bin wirklich ein Esel … Ich habe überhaupt nicht an Ihren Mann gedacht …«

Sie hatte die Füße auf den Sand gesetzt und blieb stehen. Fassungslos und mit eiskalten Augen starrte sie ihn an, und für eine Sekunde schien es, als habe sie kein einziges Wort von dem verstanden, was er gerade gesagt hatte, oder als sei das, was er hatte sagen wollen, eine bodenlose Ungeheuerlichkeit. Ihre Augen waren verschattet wie die einer tragischen Heldin. Bélouard war innerlich zutiefst beunruhigt. Doch dann brach sie plötzlich in schallendes Gelächter aus. Sie hatte einen nervösen Lachanfall, der so unbezwingbar war, dass sie sich auf die Felsen setzen musste. Bélouard wohnte der Szene mit einem verunsicherten, aber gutmütigen Lächeln bei.

»Gut«, sagte er schließlich und fing selbst an zu lachen, »es ist mir immer noch lieber, wenn ich Sie zum Lachen bringe, als wenn ich Ihnen wehtue.«

Er blinzelte in die Sonne.

Allmählich legte sich ihr Gelächter wieder. Mit Tränen in den Augen starrte sie auf den Sand vor ihren Füßen, dann schweifte ihr Blick über die Küste und das Meer, wo er nur kurz verharrte, und zuletzt zu Bélouard, dem sie tief in die Augen sah, mit einer Sanftmut, die sie bis dahin nie gezeigt hatte. Er errötete bis unter die Haarwurzeln.

»Möchten Sie Kaffee?«, fragte er etwas unbeholfen.

Sie nickte. Er hatte zwei große Thermoskannen mitgebracht.

»Haben Sie keinen Hunger mehr?«

»Nein«, antwortete sie.

»Einen Hamburger? Einen Applepie? Einen Milchshake?«

Sie sah ihn mit fragendem Lächeln an.

»Wo wollen Sie das denn herbekommen?«

»Schwimmen«, sagte er und zeigte hinaus aufs Meer.

Sie lachte.

»Dazu müssten Sie aber ein verdammt guter Schwimmer sein!«

»Ich *bin* ein verdammt guter Schwimmer. Wissen Sie, wie man mich nennt?«

Sie schüttelte den Kopf. Doch er stockte plötzlich.

»Wie nennt man Sie?«

»Ich weiß nicht mehr«, stammelte er. »Es war keine gute Idee.«

Sie brach in Gelächter aus.

»Doch, sagen Sie es mir …«

»Nein, ich erinnere mich nicht mehr.«

»Moby Dick?«, fragte sie lachend.

»Ja …«, brummte er verlegen und warf ihr einen besorgten Blick zu.

Aber sie lachte bloß. Seltsamerweise schien sie jetzt bester Laune zu sein.

Dann tranken sie den Kaffee aus den Deckeln der Thermoskannen.

»Kommen Sie oft hierher?«, fragte sie nach einer Weile.

»Nein … früher schon, da bin ich oft ans Meer gefahren, aber jetzt nicht mehr. Was übrigens ein Fehler ist; ich merke, ich sollte öfter … Und Sie?«

»Nein. Nur als ich klein war.«

»Mit Ihren Eltern?«

»Mit meiner Mutter; manchmal fuhren wir nach Saint-Brévin …«

»Haben Sie auch gepicknickt?«

»Nein, nie, meine Mutter musste am Sonntagvormittag arbeiten.«

»Was war sie denn?«

»Blumenbinderin … Aber ich möchte nicht davon sprechen.«

Ein vager Abscheu huschte über ihr Gesicht. Sie fielen

wieder in Schweigen. Das Meer hatte sich schon mehrere Meter zurückgezogen. Felsen mit schwarz glänzenden Algen kamen zum Vorschein, und es war, als würde das Geräusch der Wellen immer schwermütiger.

»In Saint-Marc«, sagte Bélouard, »gibt es ein Café am Meer, das große Eisbecher macht. Soll ich Ihnen einen spendieren?«

»Ja. Wenn Sie möchten«, sagte sie.

»Großartig! Dann zeige ich Ihnen auch die Statue von Jacques Tati … Haben Sie sie schon gesehen?«

»Ich weiß nicht einmal, wer das ist …«

»Sie kennen Jacques Tati nicht?«

»Nein.«

»Und Monsieur Hulot?«

»Auch nicht.«

»Sie haben nie von den *Ferien des Monsieur Hulot* gehört?«

»Nein«, gab sie lächelnd zurück.

»Na so was, also den müssen sie sich unbedingt ansehen. Das ist ein sehr lustiger Film. Er wurde in Saint-Marc gedreht … Darum gibt es dort auch eine Statue von Jacques Tati, der aufs Meer blickt. Wir schauen sie uns nachher an …«

Sie begannen, die Sachen zusammenzuräumen. Dabei weigerte er sich beharrlich, sie irgendetwas tragen zu lassen, und wiederholte stur: »Nein, lassen Sie nur, das ist die Aufgabe des Esels.« Die Thermoskanne, die nicht mehr in den Korb passte, steckte er in die Tasche seines Jacketts und schwang sich die Decke um den Hals.

»Hauptsache, Ihre Sakkotasche reißt jetzt nicht«, rief sie lachend.

Dann gingen sie zum Auto zurück. Sie stiegen die Felsen hinauf und liefen den Klippenweg entlang bis zum Parkplatz. Ab und zu wehte eine leichte Brise vom Meer herüber, weiße Wölkchen ballten sich im Westen am Horizont zusammen, aber es war noch immer ein herrlicher Tag. Bélouard lief vorneweg. Die Spaziergänger, die ihnen entgegenkamen, wichen zur Seite, um diesen dicken vollbepackten Mann mit dem hochroten Gesicht vorbeizulassen.

Etwas später, in Saint-Marc, vor dem Strandhotel, war er überrascht, dass die verschwundene Bronzepfeife des Monsieur Hulot ersetzt worden war.

14

Am Montag begann es zu regnen. Ein feiner, grauer Regen in einem trostlosen Himmel; der dünne Regenschleier löschte alles aus, und die Luft roch nach nasser Erde. Es hatte kein Morgenrot gegeben. Die Straßen waren menschenleer. Die Scheibenwischer auf der Windschutzscheibe des Kombis schlugen hin und her. Bélouard parkte in der Sackgasse und lief zu seiner Praxis; brühte sich Kaffee. Am Montagvormittag brauchte er eigentlich nicht dort zu sein, aber er kam immer.

Und nun?, fragte er sich.

Ihm war traurig ums Herz.

Ja sicher, das Wetter; aber nicht nur.

Am Tag zuvor, nachdem sie Saint-Marc verlassen hatten, waren Claire und er noch zur Côte Sauvage zurückgefahren, hatten sich in der Nähe von Croisic eine Pizza an einem Imbisswagen gekauft und sie am Strand gegessen. Bis spät in die Nacht waren sie dort sitzen geblieben. Etwas weiter weg hatten ein paar junge Leute ein Feuer angezündet und angefangen zu trommeln; Bélouard hatte Claire gezeigt, wie man in Afrika tanzt. Zu dem Zweck hatte er sich bis auf die Unterhosen ausgezogen, eine Decke um die Hüften geschlungen und dann den wilden Neger gespielt. Claire hatte so sehr gelacht, dass ihr Tränen in die Augen geschossen waren. Später, im Auto, war sie dann eingeschlafen, wobei ihr Kopf auf seine Schulter sank. Er hatte kaum noch gewagt, sich zu rühren, und in den Kurven das Lenkrad nur mit der linken Hand festgehalten, um die rechte nicht bewegen zu müssen.

Seit Langem hatte er keinen so schönen Tag mehr erlebt.

Und nun?, fragte er sich. Dieser Flirt mit dem Glück, von dem er wusste, dass es keine Zukunft hatte, riss einen Abgrund in ihm auf. Zumindest an diesem Morgen; und vielleicht hatte das Wetter seinen Anteil daran.

Doch das war nicht alles. Es gab da noch etwas anderes. Etwas, das mit Claire selbst zu tun hatte – ihre ganze Art, ihre verstörenden Bemerkungen, ihre manchmal unerklärlichen Reaktionen. Er verspürte eine merkwürdige, undefinierbare Beklemmung, es war wie eine Intuition, für die er jedoch keine Worte fand. Ein dumpfes, aber hartnäckiges Gefühl, dass *irgendetwas* nicht stimmte.

Irgendetwas. Etwas Unbegreifliches. Er wusste nicht was, aber es krampfte ihm das Herz zusammen.

Er ging hinaus, die Zeitung kaufen. Es regnete noch immer, aber es war nur Sprühregen. Der Himmel war deprimierend weiß. Es war fast zehn, und der Ort wirkte wie ausgestorben. Ach was, Kopf hoch!, sagte er sich, als er den Kirchplatz betrat. Der gestrige Tag war einfach zu schön, und der heutige Morgen ist zu traurig, das verhagelt einem eben die Laune. Aber das geht vorüber … Vielleicht sollte ich mich einfach dort reinsetzen und nachlesen, wie es dem armen Vincent ergangen ist? Er stieg die Stufen zur Caféterrasse hoch und warf einen Blick durch die Glasfront. Der Raum schien leer zu sein. Er ging hinein. Nur die Chefin stand hinter der Bar. Es war so duster, dass sie das Licht angeschaltet hatte. Er wünschte dieser großen, schroffen Frau einen Guten Tag und lehnte sich an den Tresen. Winzige Regentropfen perlten an seinen Haaren herunter und tropften auf sein Jackett.

»Wie geht es Ihnen?«, fragte die Frau, während sie die Flaschen wegräumte.

»Na ja, das Wetter drückt ein wenig auf die Stimmung ... Haben Sie die Zeitung da?«

»Also, wenn Ihre Laune ohnehin schon im Keller ist, wird die Lektüre Sie auch nicht gerade aufmuntern«, rief sie. »Unschöne Dinge erfährt man da! Na, Sie werden ja selbst sehen ...« Sie beugte sich vor und verschwand kurz hinterm Tresen; dann tauchte sie wieder auf, entfernte sich einen Augenblick und kam mit der Zeitung zurück. Sie legte sie vor Bélouard hin und schlug mit dem Handrücken auf die erste Seite. »Da, sehen Sie sich das an!«, sagte sie ... »Was darf es sein?«

Es war das Foto eines Mannes, der von Polizei umringt aus seinem Auto steigt und das Jackett über den Kopf hält. Die Schlagzeile darüber lautete: »DER APOTHEKER WIDERRUFT SEIN GESTÄNDNIS«.

»Was darf es sein?«, fragte die Chefin erneut.

»Ein Kaffee«, sagte Bélouard.

Dann lief er mit der Zeitung hinüber an einen Tisch neben der Glasfront. Es hatte auf einmal wieder angefangen, kräftig zu regnen. Man hörte dicke Tropfen auf die Terrasse schlagen.

Nachdem sich Bélouard in das trübe Tageslicht gesetzt hatte, starrte er eine Weile wie versteinert auf die erste Seite, auf dieses graue, anonyme Foto, dieses leblose, flüchtige Bild eines gedemütigten Mannes, der sich den Blicken zu entziehen suchte. Ein Bild, in dem dennoch für einen kurzen Moment das Leben, das Entsetzen, die Niederlage und die Scham eines Menschen aufgeflackert waren, den er kannte – eines Menschen, der ihm in diesem Augenblick mehr Mitleid als Grauen einflößte. Dann begann er zu lesen. »DER APOTHEKER WIDERRUFT SEIN GESTÄNDNIS. DOCH DIE BEWEISE GEGEN IHN VERDICHTEN SICH.« Er las sämtliche Artikel, die sich mit dem Drama in Les Sauvignères befassten (über drei Seiten). Vincent schien ganz fraglos der Schuldige zu sein. Seit zwei Jahren war er Geneviève Mangins Liebhaber.

Vincent hatte zunächst versucht, diese Beziehung zu leugnen, berichtete die Zeitung. Bis die Ermittler – die von Anfang an darüber informiert gewesen waren – ihm einen Stapel Briefe unter die Nase gehalten hatten, die im Schlafzimmer von Geneviève Mangin gefunden worden waren (beiläufig erfuhr man, dass ihr Mann und sie seit Jahren getrennte Schlafzimmer hatten). Derart in die Enge getrieben, hatte Vincent schließlich sein Verhältnis eingestehen müssen. Daraufhin hatte er sogar behauptet, sie hätten sich in der Mordnacht geliebt, was die Obduktion von Genevièves Leiche jedoch widerlegte. Am Ende gab er auch das zu. Nach dem aktuellen Stand der Untersuchungen vermutete die Polizei, dass sich hinter diesen widersprüchlichen Aussagen das Motiv für den Mord verbarg. Vermutlich hatte Geneviève ihre Liebesbeziehung beenden wollen, was Vincent nicht ertragen hätte. Eine Version, die er bislang vehement bestritt. Die Blutspuren in der Nähe des Verstecks, in dem Geneviève ihre geheime Post aufbewahrt hatte, deuteten jedoch darauf hin, dass er an jenem Abend darin gewühlt hatte, offenbar auf der Suche nach etwas, das er hatte verschwinden lassen wollen – einen oder mehrere Briefe, die vielleicht etwas über seine Gemütsverfassung verraten hätten; möglicherweise sogar einen oder mehrere Drohbriefe. Aber trotz der vielen Widersprüche leugnete er alles beharrlich. Er habe nie etwas von dem Versteck gewusst, sagte er, und sei auch nie nach Les Sauvignères gefahren, weder an diesem Abend noch zuvor. Seine Schäferstündchen mit Geneviève Mangin habe er immer nur an den Chorabenden in seinem Auto, in der freien Natur oder, wie an jenem Abend, in der kleinen verlassenen Waldhütte zwei Kilometer von dem Bauernhof entfernt verbracht. Er gab zu, dass es an dem Abend eine Auseinandersetzung mit Geneviève gegeben hatte, einen etwas heftigen Streit, nach dem er sie allerdings lebendig verlassen hatte und ganz einfach zu sich nach Hause gefahren war. Er hatte niemanden umgebracht. Und was das Stück Tweed anging, das man im Schweinestall von Les Sauvignères an einem Nagel neben Pierre Mangins Leiche gefunden hatte – der Stofffetzen stammte den Analysen zufolge zweifelsfrei von Vincents Jacke, die in der Tat einen Riss aufwies –, so hatte er dafür keinerlei Erklärung, sondern stritt das Offenkundige ab und beharrte hartnäckig darauf, niemanden umgebracht zu haben. (Im Übrigen ließ kein einziger Artikel der Zeitung darauf schließen, dass er jemals ein Geständnis über diese Morde abgelegt hätte, auch nicht zeitweilig, wie die dicke Schlagzeile auf Seite eins suggerierte.)

Da die Polizei über kein umfassendes Geständnis verfügte, hatte sie Mühe, einen plausiblen Hergang der Tat zu rekonstruieren. So fußten ihre Vermutungen allein auf den wissenschaftlichen Fakten. Geneviève war laut Obduktionsbericht als Letzte gestorben – ein bis zwei Stunden nach ihrem Mann, der offenbar als Erster getötet worden war, also gegen dreiundzwanzig Uhr. Vincent war demnach zuerst nach Les Sauvignères gefahren, wo er auf Pierre Mangin traf. Dort war – aus welchem Grund auch immer – zwischen den beiden ein heftiger Streit entbrannt. Daraufhin hatte er ihn in seinem Schweinestall mit einem Schaufelstiel erschlagen, den man vor Ort gefunden hatte. Dann hatte er den Stall verlassen und war ins Haus gegangen. War er auf der Suche nach seiner Geliebten? Hoffte er, sie dort zu finden? Das wusste man nicht. Aber als er durch die Küche ging, schnappte er sich ein Messer, von dem er gleich darauf, in Genevièves Zimmer, Gebrauch machte, um die Schatulle mit den Briefen aufzubrechen. (In dem Zusammenhang gab es eine ganze Reihe ungeklärter Fragen: Hatte er das Messer gleich genommen? War er noch einmal hinuntergegangen, um es zu holen? War es zum Öffnen der Schatulle bestimmt gewesen, oder hatte er da schon die Absicht gehabt zu töten? … Man würde weitere Geständnisse abwarten müssen, bevor man dies abschließend beantworten könnte.) Wie auch immer: Vermutlich wurde er ungefähr zu diesem Zeitpunkt, als er in den Briefen wühlte, auf denen man Spuren von Pierre Mangins Blut gefunden hatte, von Paulette Foulon (Genevièves Mutter) überrascht, seinem zweiten Opfer, das man erstochen im Schlafzimmer der beiden Mädchen aufgefunden hatte. Dann kamen die Mädchen an die Reihe. (Warum die Kinder? Warum die beiden unschuldigen Mädchen? Noch ein ungeklärter Punkt. Aber der Artikel unterstrich, dass man es von da an wohl mit einem Mann zu tun hatte, der nach den beiden womöglich gar nicht geplanten Morden Amok gelaufen war.) Jedenfalls hatte er die beiden kleinen Mädchen erstochen, wobei laut Expertenmeinung die größere von den beiden zu dem Zeitpunkt wach gewesen sein dürfte.

Als Letzte kam Geneviève dran. Auch hier konnte man nur Vermutungen anstellen. Als gesichert galt, dass sie zwischen Mitternacht und ein Uhr morgens in der Waldhütte ermordet worden war, aber was tat sie dort? Wie war sie dorthin gekommen? Hatte Vincent sie mit Gewalt dorthin geschleppt? (Was in dem Fall bedeutete, dass sie sich in Les Sauvignères aufhielt, während ihre Familie abgeschlachtet wurde; allerdings war es schwer vorstellbar, dass sie tatenlos zugesehen haben sollte, aber wie hatte er sie dann so unter Kontrolle bekommen, dass er hatte frei walten können?) Oder wenn sie sich schon in der Waldhütte befand, warum war sie dort? War sie mit jemandem zusammen (einem anderen Liebhaber zum Beispiel)? Oder war sie mit Vincent verabredet – der ihre Abwesenheit vom Bauernhof vielleicht nutzen wollte, um die kompromittierenden Briefe verschwinden zu lassen? Hatte sie gedroht, alles offenzulegen? Auszupacken? Aber warum hatte er dann nicht *alle* Briefe verschwinden lassen? Und warum war er ausgerechnet um diese Zeit hingefahren, wo er doch damit rechnen musste, die ganze Familie anzutreffen? Etwa zu dem Zweck, ein Blutbad anzurichten? Hatte er also doch im Voraus den Plan gefasst, alle umzubringen? Die Inspektoren schienen nicht daran zu glauben. Sie schienen Vorsatz überhaupt nicht in Betracht zu ziehen – zumindest nicht, was diese Morde anbelangte, die eher als Kurzschlussreaktion einzuschätzen waren. Kurz, bis zu dem jetzigen Zeitpunkt blieben viele Fragen offen. Geneviève Mangin war zwischen Mitternacht und ein Uhr morgens in der kleinen Waldhütte, zwei Kilometer von ihrem Zuhause entfernt, umgebracht worden; das war alles, was man mit Bestimmtheit wusste. Ihre Leiche war anschließend mit Benzin übergossen und angezündet worden; und dieses Benzin stammte aus einem Kanister, den man etwas weiter entfernt im Wald gefunden hatte – aus einem Kanister, der Vincent gehörte; er hatte nicht einmal versucht, dies abzustreiten. Er habe immer einen Reservekanister im Geländewagen, für alle Fälle, hatte er gesagt. Allerdings hatte er versichert, ihn nie herausgenommen zu haben: Er sei noch da gewesen, als er an jenem Abend den Wagen im Park ihres Hauses an der Straße nach Savenay abgestellt hatte. Dann hatte er jedoch hinzugefügt, er sei sich nicht ganz sicher; und als man ihn fragte, wie es käme, dass man in demselben Geländewagen an mehreren Stellen Spuren von Genevièves Blut gefunden hatte, sagte er gar nichts mehr. Sein Anwalt forderte daraufhin offiziell, man dürfe nicht ausschließen, dass es sich hierbei um eine Inszenierung handele, mit der man seinem Mandanten die Schuld in die Schuhe schieben wolle. Vor den Journalisten verhedderte er sich jedoch in recht abstrusen Erklärungen, an die er selbst nicht zu glauben schien. Auf die Frage, ob sein Mandant am Ende nicht doch auf schuldig plädieren würde, hatte er geantwortet, *er* sei immer noch derjenige, der plädiere, und sein Mandant habe bis dato stets seine Unschuld beteuert. Dann hatte er versucht, den Schnitzer wieder auszubügeln, indem er versicherte, er sei von der Unschuld seines Mandanten überzeugt und habe aus genau diesem Grund die Justiz dazu aufgefordert, keine Hypothese auszuschließen. Aber die Journalisten – zumindest der Verfasser des Artikels, den Bélouard gerade zu Ende las – hatten sich davon nicht täuschen lassen.

Bélouard faltete die Zeitung zusammen. Er ließ seinen Blick auf der Kaffeetasse ruhen – sie dampfte nicht, offenbar war der Kaffee kalt geworden. Vermutlich hatte die Chefin ihn irgendwann auf den Tisch gestellt, ohne dass er es bemerkt hatte. Er trank ihn in einem Zug aus. Vielleicht sind es Tausende von Zufällen, dachte er, oder jemand hat ihm schaden wollen, und offenbar mit Erfolg … Wie dem Unschuldigen, den das Blut einer Toten anklagt – XY hat mich umgebracht –, oder wie es sehr wohl auch mir mit meinem Jackett hätte ergehen können, wenn ich es am selben Ort wie Vincent gekauft hätte und hingegangen wäre, wo er war, sodass man hätte sagen können: das ist sein Sakko … Aber hier ging es ja nicht nur um einen Sakko und Blutspuren … Bélouard stand auf. Draußen goss es in Strömen. Er ging an die Bar, um seinen Kaffee zu bezahlen.

»Haben Sie das gesehen?«, fragte die Chefin.

»Ja.«

»Seine Frau muss sich sehr eigenartig fühlen.«

»Das ist zu vermuten.«

»Ich möchte nicht in ihrer Haut stecken, die Arme …«

»Nein.«

»Wenn man bedenkt, dass er sich um die musikalische Früherziehung der Kinder in der Musikschule gekümmert hat!«

»Ach ja?«

»Wussten Sie das nicht?«

»Nein.«

»Da läuft es einem eiskalt den Rücken runter.«

Er ging zur Tür; doch nachdem er sie geöffnet hatte,

blieb er einen Moment zögernd stehen und betrachtete den dichten Regen, der unaufhörlich auf die Terrasse prasselte. Leichter Dunst stieg vom Platz auf wie über einem frisch umgepflügten Acker und verdichtete sich über dem Portal der Kirche.

Er zog sein Jackett aus, hielt es sich über den Kopf und rannte hinaus in den strömenden Regen.

15

»Erzählen Sie mir eine Geschichte.«

»Ich weiß keine.«

»Doch. Eine Geschichte, die Ihnen widerfahren ist … Ich liebe die Geschichten, die Ihnen widerfahren.«

»Weil ich Ihnen nicht alle erzähle …«

Sie hatten gemeinsam gegessen und saßen nun im Wohnzimmer auf dem roten Sofa. Der Abend brach herein: Claire hatte sich im Fersensitz in die eine Ecke des Sofas geschmiegt. Bélouard kehrte ihr beinahe den Rücken zu, mürrisch und unruhig saß er da, weil er in dem Moment, wo sie die Beine angewinkelt hatte, kurz ihren Slip erblickte.

»Erzählen Sie mir doch eine«, sagte sie.

»Eine lustige?«

»Ja, welche Sie wollen.«

Er dachte nach. Zwang sich nachzudenken.

»Einmal bin ich von Paris aus per Anhalter gefahren«, sagte er nach einer Weile … »Es ist mindestens fünfzehn Jahre her. Ich war nach Paris gereist, um eine ehemalige Geliebte wiederzusehen, und es hatte einen großen Bahnstreik gegeben. Ich musste wegen der Arbeit heimfahren. Darum hatte ich beschlossen zu trampen. Es zumindest zu versuchen … Ich hatte über drei Stunden gebraucht, allein um aus Paris herauszukommen.«

»Was für eine Geliebte?«

»Eine ehemalige. Ein Mädchen, das ich während meiner Studienzeit auf der Veterinärschule kennengelernt und mit der ich eine kleine Affäre gehabt hatte …«

»Und die wieder Ihre Geliebte wurde?«

»Nein, nein, nein. Leider …« Bélouard warf ihr einen spitzbübischen Blick zu. »Zugegebenermaßen war ich ein wenig in dieser Hoffnung hingefahren, aber es hatte nicht geklappt. Überhaupt nicht. Sonst hätte ich bestimmt den Streik zum Vorwand genommen, um ein wenig länger in Paris zu bleiben. Aber so … war es besser, gleich wieder heimzufahren … Jedenfalls stand ich an der Ausfallstraße, bis dorthin hatte ich bereits über drei Stunden gebraucht. Ich wartete schon eine ganze Weile und begann allmählich zu verzweifeln, als endlich ein Auto hielt. Im Übrigen ein sehr schönes Auto, in dem ein äußerst nettes Paar saß: Die beiden wirkten seriös, höflich, freundlich und waren um die vierzig. Sie fuhren zwar nur bis Angers, aber das war schon mehr, als ich erhofft hatte. Ich war unheimlich erleichtert. Wir verstauten mein Gepäck im Kofferraum, ich stieg hinten ein, und während wir fuhren, tauschten wir ein paar Höflichkeiten über mein Reiseziel, die Unannehmlichkeiten des Streiks, meinen Beruf und was weiß ich noch alles aus. Dann fingen der Mann und die Frau an, sich zu unterhalten. Währenddessen saß ich bequem auf der Rückbank und ließ im Halbschlaf die Kilometer an mir vorbeiziehen. Dabei schnappte ich hier und da ein paar Fetzen ihrer Unterhaltung auf, ohne wirklich zuzuhören. Mehrmals fiel das Wort Fliegen – es ging aber nicht etwa um Insekten … Mücken … sondern um Aeronautik. Und sie redeten in einer Art und Weise darüber, dass meine

Neugierde allmählich wuchs und ich zu lauschen anfing. Die beiden waren offenbar nicht irgendwer. Und es schien sich auch nicht um gewöhnliche Flüge zu handeln. Sie verfügten offenbar über eine ganz außergewöhnliche Konzentrationsfähigkeit, schienen äußerst effektiv, belastbar, hochintelligent zu sein und obendrein ein ausgeprägtes moralisches Empfinden zu haben. Das hier hatte nichts mit einem kleinen Provinzflugplatz zu tun. Zumal ich den Eindruck hatte, dass sie nur in Andeutungen sprachen, sicher wegen meiner Anwesenheit, und das verlieh ihrer Unterhaltung einen Hauch von Geheimmission, der mich auf den Bogen spannte. Ich nahm an, dass ich es mit Jagdpiloten oder Versuchsfliegern zu tun hatte oder gar mit Astronauten. Jedenfalls war ich schwer beeindruckt. Doch ich wagte nicht, irgendetwas zu sagen. Schließlich verstummten sie, und nach einer kleinen Weile drehte sich die Frau zu dem Mann um (zunächst hatte ich angenommen, sie seien verheiratet, aber dem war nicht so, es waren Kollegen), sie dreht sich also mit fragender Miene zu ihm um und will wissen, was er davon hält, wenn sie die Fahrt nutzt, um ihre *Übungen* zu machen. Er erwidert ohne zu zögern, dass er dies für eine ausgezeichnete Idee halte, und wenn sie fertig sei, könne er sie ans Lenkrad lassen, um dasselbe zu tun, so würden sie Zeit gewinnen. Worauf sich die Frau zu mir umdreht und mich fragt, ob es mir was ausmacht, wenn wir die Plätze tauschen. Es machte mir natürlich überhaupt nichts aus, also hält der Mann an. Wir tauschen die Plätze, und schon sind wir wieder unterwegs. Und ich ahne, dass die Frau hinter mir begonnen hat, ihre geheimnisvollen *Übungen* zu machen. Das spannte mich natürlich noch mehr auf die Folter, aber ich wagte nicht, mich umzudrehen. Ich versuchte allerdings, ohne allzu sehr den Kopf zu bewegen, etwas davon im Rückspiegel zu erspähen. Es waren völlig lautlose Übungen. Ich war derart von Neugier geplagt und schämte mich zugleich so sehr dafür, dass ich mich nicht einmal traute, während meiner Unterhaltung mit dem Typ, einen raschen Blick nach hinten zu werfen. Es erschien mir völlig unmöglich, genauso unmöglich, als hätte ich damit rechnen müssen, sie splitternackt auf der Rückbank einen Kopfstand machen zu sehen oder etwas in der Art. Schließlich nutze ich eine Pause in der bis dahin recht langweiligen Unterhaltung und nehme meinen Mut zusammen: Ich gestehe dem Mann, dass ich ganz unbeabsichtigt mitbekommen habe, wie sie vom Fliegen gesprochen haben, und frage ihn, welchen Typ Maschine sie fliegen. Natürlich nur, wenn er darüber reden könne. Er bricht in schallendes Gelächter aus. Und auch die Frau hinter mir prustet mitten in ihren Übungen los. »Da liegen Sie aber ganz falsch«, sagt er schließlich mit väterlichem Lächeln, den Blick auf die Fahrbahn gerichtet. Ich merke, dass er offenbar weitere Fragen von mir erwartet, und das trifft sich gut. Wenn ich mich also schon zum Idioten gemacht habe, dann will ich das wenigstens ausnutzen; eine eher praktische Ausgangsposition. Ohnehin eine meiner leichtesten Aufgaben. Also frage ich: »Worum handelt es sich dann?« auf die naivste Art und Weise der Welt. Er antwortet nicht gleich, sondern runzelt die Stirn, wie jemand, der sich auf die Fahrbahn konzentrieren muss. Aber ich spüre, wie die Spannung im Wagen immer weiter steigt. Dann, etwa nach einer Minute sagt er – in einem ganz sachlichen Ton, als hätte er mir geantwortet: Delta-Plane oder die Linie Paris Los Angeles – »Yogisches Fliegen …«

»Bitte was?«, fragte Claire.

»Yogisches Fliegen.«

»Was ist denn das?«

»Genau das habe ich auch gefragt«, sagte Bélouard. »Ich habe gefragt, worum es dabei ginge. Und er hat mir geantwortet, es ginge darum zu hüpfen.«

Claire lachte los.

»Das glaube ich nicht«, sagte sie.

»Doch ... Doch, doch. Genau das hat er mir geantwortet: hüpfen. Aber natürlich mit einer gewissen Kunstfertigkeit und in einer geistigen Verfassung, die jedem Sprung eine besondere Dimension verleiht, eine transzendentale Dimension sozusagen ... Das kann man sich ja vorstellen!«

»Und dann? Nachdem sie in die Luft gesprungen sind?«

»Dann? ... fallen sie wieder auf den Boden zurück. Das habe ich ihn auch gefragt, und das war seine Antwort. Eine sehr ehrliche Antwort, wie ich finde ...«

»Na großartig!«

»Tja. Das dachte ich mir auch, während ich weiter den Idioten spielte und ihnen versicherte, mir würde es haargenau so gehen, wenn ich in die Luft spränge. Aber sie erwiderten, das sei etwas ganz anderes. Die Frau hatte ihre Übungen inzwischen beendet und sich mit den Armen auf meine Rückenlehne gestützt, um an der Unterhaltung teilzunehmen. Ich hatte ein wenig Mühe, ihnen zu folgen. In ihrer überschäumenden Begeisterung redeten die beiden abwechselnd in einem solchen Tempo auf mich ein, dass ich nicht alles begriff. Ich wäre daher außerstande, im Detail zu wiederholen, was sie gesagt haben, bis auf das Ende, die Pointe der Geschichte, die wirklich Gold wert ist. Der Unterschied zwischen ihnen und mir bestünde darin ...«,

Bélouard gluckste vor Lachen, »... wenn wir in die Luft sprängen, haben sie gesagt ...« Er wurde von einem so heftigen Lachanfall geschüttelt, dass er nicht weiterreden konnte: »... der Unterschied ... der Unterschied ...«, stieß er mit immer höherer Stimme hervor, ohne den Satz beenden zu können. Er war krebsrot angelaufen, hatte die Augen fest zugekniffen und konnte nur noch kurze Zischlaute von sich geben sowie jenes kleine anrührende Glucksen in der Kehle, in dem seine Stimme gefangen war. Von seiner Heiterkeit angesteckt, fiel Claire in sein Gelächter mit ein, sodass sich schließlich alle beide vor Lachen die Bäuche hielten. »Der Unterschied, haben sie gesagt«, brachte er schließlich mit fast kindlicher, erstickter Stimme hervor, »sei der, dass sie unmittelbar davor stünden, nicht auf die Erde zurückzufallen ...«

Sie brauchten noch eine Weile, um sich wieder zu beruhigen. Bélouard wischte sich mit dem Ärmel über die Augen. Claire tupfte sie sich mit den Fingerspitzen trocken. Abgesehen von dem leisen Murmeln des Regens und dem gelegentlichen Prasseln dickerer Tropfen gegen die Fensterscheibe war nichts zu hören. Bélouard stand auf, um das Licht anzumachen.

»Vor ein, zwei Jahren habe ich sie dann mal im Fernsehen gesehen«, fügte er mit noch etwas matter Stimme hinzu.

»Die Leute aus dem Auto?«

»Nein, nein, nicht die; das waren bloß Anfänger, die reinsten Waisenkinder im Vergleich zu denen im Fernsehen ... allesamt Anhänger der Disziplin des yogischen Fliegens ... Sie saßen im Lotossitz auf einer Art Tatami-Matte und hüpften unermüdlich durch den Raum, boing! boing! Es sah aus wie ein fröhlicher Reigen von Krüppeln oder wie ein Wettbewerb im Sackhüpfen … Gut, zugegeben: Rein körperlich hätte ich arge Probleme, im Schneidersitz herumzuhüpfen. Aber selbst dann ist es doch nicht mehr als eine ungewöhnliche sportlich-gymnastische Leistung.«

Er hatte sich wieder gesetzt. Claire und er lächelten sich an.

»Wenn man allerdings ganze Jahre damit verbringt«, fuhr er fort, »sich für jenen Sekundenbruchteil zu interessieren, in dem man sich noch in der Luft befindet, was sieht man dann am Ende nicht alles darin? Unser Hirn verfügt über eine erschreckende Suggestionsbereitschaft. Plötzlich hat man den Eindruck, etwas zu spüren, sich etwas bewusst zu werden – vor allem wenn um einen herum diese Erwartungshaltung aufgebaut wird –, doch im Grunde handelt es sich um nichts weiter als um eine unbedeutende Wahrnehmung, die riesig aufgebläht wird, eine neue Form annimmt, eine Form, die man ihr mehr oder weniger bewusst übergestülpt hat. Eine Art Selbsthypnose … Haben Sie schon von Stendhal gehört?«

»In der Schule …«

»Er hat in etwa dasselbe über die Liebe gesagt. Kristallbildung nannte er das. Er hatte bemerkt, dass ein entlaubter Zweig, den man in den Schacht eines Salzbergwerks geworfen hat, am Ende wie von Zauberhand mit Salzkristallen überzogen ist. Es bleibt derselbe Zweig, aber er ist wahrlich verklärt, verherrlicht. Das brachte Stendhal auf den Gedanken, dass die Liebe auf dieselbe Weise funktioniere. Nehmen Sie einen beliebigen Menschen, tauchen sie ihn in ein Bad besonderer Umstände, und plötzlich erscheint Ihnen diese Person, die anfangs genauso war wie Sie oder ich, ebenfalls herrlich, unwiderstehlich, unverzichtbar. Sie sind verzaubert, verliebt … Ich neige manchmal zu der Annahme, dass es sich nicht nur mit der Liebe so verhält, sondern mit allem, was uns betrifft – mit der Freundschaft, unserer Wahrnehmung der Welt, unseren Vorstellungen … Mit allem. Sogar unsere vernünftigsten Ansichten sind nicht etwa unsere Ansichten, weil sie vernünftig sind, sondern weil wir von ihnen verzaubert sind.« Er blähte seine Wangen mit trauriger, unentschlossener, fast sorgenvoller Miene auf und zuckte mit den Achseln. »Bis zu dem Tag, an dem die Kristalle aus irgendeinem Grund abfallen und wir aufhören zu lieben oder zu glauben; manchmal gar zu verstehen, wie wir je lieben oder glauben konnten. Wir sind entzaubert. Und diese Erfahrung ist nie besonders angenehm …«

»Man kann den Zweig verbrennen, bevor es passiert«, sagte sie.

»Ja …«, hauchte er (wobei dies eigentlich keine Zustimmung war, sondern eher schon ein anderer Gedanke). »Vielleicht versuchen das sogar eine ganze Menge Leute … mit bösen Worten …«

Dann verstummten sie. In ihrem Schweigen lag eine gewisse Bestürzung über die unerwartete Wendung, die ihr Gespräch genommen hatte, es war, als würden sie dies nun beide bedauern.

»Wie dem auch sei«, fuhr Bélouard schließlich fort, »es ist doch unglaublich, was anscheinend völlig vernünftige Leute alles glauben können. Ich muss gerade wieder an mein Fliegerpärchen denken. Sie können sich nicht vorstellen, was sie mir alles weismachen wollten, bevor wir Angers erreichten. Dazu muss man sagen, dass sie nach und nach alle Zurückhaltung ablegten. Ihre anfänglich zur

Schau getragene Ruhe und Heiterkeit bröckelte immer mehr, und dahinter kam ihr jugendlicher Enthusiasmus zum Vorschein. Besonders bei ihm. Sie waren davon überzeugt, eines Tages wie die Spatzen zu fliegen. Ja, er vertraute mir an, dass sie sich manchmal in einem Haus an einem Schweizer See trafen und er die heimliche Hoffnung hegte, ihn eines Tages im Flug zu überqueren. Ihm standen fast Tränen in den Augen, als er das sagte. Und ich fragte mich allmählich, ob ich mich nicht ein wenig *zu* dumm gestellt hatte …«

»Sie wollten Sie bestimmt als Anhänger gewinnen …«

»Ja«, sagte er, »bestimmt.«

»Hätte es Sie nicht gereizt, wie ein Spatz zu fliegen?«

»Na, bei mir müsste man wohl eher von einem Truthahn sprechen. Oder einem Straußenvogel.« Sie lachte wieder los. »Ich würde jedenfalls eine kräftig ausgebildete spirituelle Muskulatur benötigen. Es wäre wohl eher eine Art yogisches Gewichtheben …«

Daraufhin beschloss er, ihr zu zeigen, was er damals im Fernsehen gesehen hatte, und setzte sich im Schneidersitz auf das Parkett, genau vor das Sofa. Er legte die Hände auf den Bauch, rief laut: »Boing! Boing!« und schüttelte dann heftig den Kopf. »Sie heben ja gar nicht ab«, stellte Claire fest, von einem neuen Lachanfall gepackt.

Und er entgegnete, sie habe überhaupt keine Ahnung, und er stünde ganz im Gegenteil unmittelbar davor, abzuheben.

16

Im ersten Moment hatte er nichts gesehen. Weder die beiden Männer, die schon dasaßen, noch den dritten, der neben ihrem Tisch stand, und auch nicht die Hand, die ihn heranwinkte. Er hatte kurz zu seinem Stammplatz hinübergeschaut (oder besser, zu seinem ehemaligen Stammplatz), um sich zu vergewissern, dass er frei war, dann hatte er den Blick beunruhigt durch den Raum und in Richtung Küche schweifen lassen, in der Hoffnung, Elisabeths Einverständnis zu erhalten. Erst als er beschlossen hatte, Platz zu nehmen (auch ohne die Bedienung gesehen zu haben), und sein Blick in umgekehrter Richtung durch den Raum zu dem Tisch am Fenster zurückglitt, zog die kleine Gruppe Männer seine Aufmerksamkeit auf sich. Er sah die winkende Hand, die ihn aufforderte oder ihm anbot, sich dazu zu gesellen, erkannte den jungen Inspektor und ging hinüber. Der Inspektor begrüßte ihn herzlich und stellte ihm seine Kollegen vor. Sie reichten sich die Hand. Darauf sagte der dritte Mann, der noch immer stand: »Gut, also dann mache ich mich jetzt auf den Weg. Bis heute Abend.« Und die anderen erwiderten: »Bis heute Abend.« Er ging. »Wir sind gerade angekommen«, sagte der junge Inspektor. »Wollen Sie mit uns zu Mittag essen?«

»Ich möchte Sie nicht stören«, sagte Bélouard.

»Wenn ich es Ihnen doch anbiete ... Aber vielleicht stört es *Sie*, zusammen mit Polizisten zu essen?«

»Warum sollte mich das stören?«

»Wegen unserer Beliebtheit in dieser Gegend«, antwortete der junge Inspektor lächelnd. »Und ich möchte nicht, dass Sie unseretwegen Kunden verlieren.«

»Ich kann ja immer noch behaupten, es sei aus rein beruflichen Gründen«, erwiderte Bélouard.

Der junge Inspektor lachte.

»Ja, letztlich handelt es sich ja auch um eine Art Untersuchung ...«, sagte er. »Wie geht es übrigens der Kuh von neulich?«

Bélouard setzte sich.

»Ich habe sie seitdem nicht gesehen, erst heute Abend gehe ich wieder hin. Aber sie hätten mich sicher gerufen, wenn es Komplikationen gegeben hätte ... Und was macht Ihr Soldat?«

Der Inspektor schüttelte den Kopf.

»Nichts. Niemanden gefunden«, sagte er.

»Bestimmt gibt es diesen Soldaten genauso wenig, wie es fliegende Kühe gibt«, sagte der andere Polizist.

Der junge Inspektor lächelte. Bélouard nickte.

»Und betreiben Sie immer noch katholische Seelsorge?«, fragte der junge Inspektor.

»Ja.«

»Läuft es immer noch gut?«

»Ja ...«, antwortete Bélouard etwas schlaff.

»Mittelgut?«

»Nein, nein. Sehr gut. Es läuft im Gegenteil sehr gut ... sagen wir, die Nächstenliebe verkompliziert die Dinge ein wenig ...«

Der Inspektor setzte wieder sein gerührtes und zugleich trauriges Lächeln auf.

»Damit mussten Sie doch rechnen, oder?«

Bélouard zuckte mit den Achseln. Dann erschien Elisabeth.

Sie bestellten. Bis Elisabeth wiederkam und die Vorspeisen brachte, unterhielten sie sich über dieses und jenes, insbesondere über die Pflege und die falsche Behandlung von Tieren. Der eine Polizist erzählte, er habe einmal einen Uhu gesehen, den man an eine Scheunentür genagelt hatte, das lag schon ein paar Jahre zurück, damals, als er noch in der Touraine lebte. Doch schließlich kamen sie wieder auf Vincent zu sprechen.

»Kannten Sie ihn gut?«, fragte der junge Inspektor.

»Nein, nicht sonderlich«, sagte Bélouard. »Ich kannte ihn nur, wie man eben einen Apotheker kennt, wenn man Tierarzt im selben Ort ist. Aber ich weiß, dass er mich nicht sonderlich mochte.«

»Warum?«

»Vermutlich wegen meiner Alkoholphase ... Ich weiß nicht ... Hat er immer noch nicht gestanden?«

»Nein.«

»Ich habe gelesen, dass sein Anwalt meint, jemand legte es darauf an, seinem Mandanten die Schuld in die Schuhe schieben.«

»Er macht seine Arbeit. Und die dürfte weiß Gott nicht einfach sein bei einem Kerl, der sich derart in Widersprüche verstrickt.«

»Glauben Sie ihm nicht?«

»Wollen Sie eine aufrichtige Antwort? Nein ... Andererseits gibt es in unserer Version des Tathergangs fast ebenso viele Ungereimtheiten wie in seiner, das stimmt. Aber er lügt so viel ...«

»Wenn ich als Unschuldiger«, sagte Bélouard ganz naiv, »wie er in eine so schreckliche Geschichte verwickelt wäre, würde ich vermutlich genauso viel lügen. Das scheint mir ein ganz natürlicher Reflex zu sein: Man sucht Abkürzungen zur Wahrheit. Alle tun dies beinahe täglich und mit dem reinsten Gewissen der Welt.«

»Aber führen solche Abkürzungen wirklich zur Wahrheit?«, fragte der junge Inspektor.

Bélouard und er musterten sich einen Augenblick. Dann fuhr der junge Inspektor fort:

»Um ehrlich zu sein, hatten wir anfangs ja eher seine Frau im Verdacht. Sie besaß wenigstens ein klares Motiv und hätte ihm die Schuld ohne Weiteres in die Schuhe schieben können.«

»Das war gar nicht so abwegig, insbesondere nach dem, was Mac Doc uns gesagt hatte«, warf der zweite Polizist ein.

»Der Rechtsmediziner«, erklärte der junge Inspektor lächelnd. »Er meinte, die Messerstiche könnten von einer Frau stammen.« Dann wandte sich der junge Inspektor seinem Kollegen zu. »Das alles passte eigentlich ganz gut zusammen ...«

»Ja«, bestätigte der andere Polizist. »Während Vincent und Geneviève ihr Schäferstündchen hatten, räumte sie in Les Sauvignères auf, brach dann zu der Waldhütte auf, wo sie draußen wartete, bis ihr Mann fort war, und murkste dann Geneviève ab. Anschließend holte sie den Benzinkanister, um die Leiche zu verbrennen, und riss bei der Gelegenheit Vincents Tasche ein, um ein Stück davon irgendwo auf dem Bauernhof aufzuhängen ...«

Der junge Inspektor wandte sich diesmal an Bélouard.

»Nur hätte sie dafür ein zweites Auto gebraucht, und sie haben nur eins. Und die Tochter hat ihr Alibi bestätigt.«

»Und Vincent auch«, warf der andere Polizist ein.

»Ja, Vincent auch. Er behauptet, sie bei seiner Rückkehr im Bett vorgefunden zu haben … Aber was ihn betrifft«, sagte er zu seinem Kollegen, »kann ich mich nur wiederholen: Er könnte seine Frau um jeden Preis schützen wollen, selbst wenn er begriffen hätte, dass sie versuchte, den Verdacht auf ihn zu lenken.«

»Bleibt immer noch die Tochter …«

»Stimmt. Bleibt die Tochter …« Der junge Inspektor blickte erneut zu Bélouard. »Schon geht es wieder los!«, sagte er entschuldigend. »Da laden wir Sie ein, mit uns zu essen, und schon fachsimpeln wir wieder. Das ist nicht sehr höflich!«

»Nein, nein, es macht mir nichts aus, ganz im Gegenteil, ich finde das sehr interessant«, sagte Bélouard. »Ich habe da was in der Zeitung gelesen, das mir vollkommen widersinnig erscheint.«

»Das kommt vor«, bemerkte der andere Polizist.

»Es heißt, er habe in Geneviève Mangins Post gewühlt, um unliebsame Briefe verschwinden zu lassen …«

»Das haben wir nicht gesagt, aber es ist in der Tat eine Möglichkeit …«

»Aber er wusste doch, dass man die Briefe finden würde. Warum hat er sie also nicht alle vernichtet? Und nachdem er sie nun nicht alle vernichtet hat, warum hat er dann geleugnet, Geneviève Mangins Liebhaber zu sein? Er konnte sich doch denken, dass Sie die Briefe inzwischen gefunden hatten. Das war doch vollkommen widersinnig!«

»Stimmt, das war vollkommen widersinnig ... Aber seine Behauptung, in der Nacht des Verbrechens mit ihr geschlafen zu haben, war genauso widersinnig, obwohl er hätte wissen müssen, dass wir heute über Methoden verfügen, um so etwas nachzuprüfen ... Gerade als Apotheker! Im Grunde schlägt er bloß hilflos um sich, reagiert immer nur ad hoc; und hofft jedes Mal, mit einer neuen dicken Lüge den Kopf aus der Schlinge ziehen zu können. Bis wir ihm wieder einmal sagen: »Nein, tut uns leid. Aber das, Monsieur Vincent, kann nun einmal nicht sein.« Und im Allgemeinen gibt er am Ende zu, dass er gelogen hat. Oder aber er verfällt in hartnäckiges Schweigen ... Wie bei dieser Geschichte mit dem Soldaten. Im Laufe der Untersuchungshaft hat er auf einmal gesagt: ›Ich war es nicht. Es war ein Soldat.‹ Wir fragen: ›Was für ein Soldat?‹ Er antwortet: ›Ich weiß es nicht.‹ Wir fragen: ›Was ist denn das für eine Geschichte mit dem Soldaten?‹ Und schon legt er wieder los und erzählt uns, er habe Geneviève Mangin eines Tages gedroht, alles ans Licht zu bringen, um mit ihr gemeinsam zu leben. Aber sie hätte ihm geantwortet, das sei völlig unmöglich, ihr *kleiner Soldat* würde es nicht ertragen und sie alle beide umbringen. Worauf er uns sagte, er wisse auch nicht mehr über diesen geheimnisvollen *kleinen Soldaten*, weil sie sich angeblich geweigert habe, seine Fragen zu beantworten. Ergebnis: drei Tage durch die Gegend rennen und alle Kasernen der Region abklappern, um die Alibis aller Soldaten auf Urlaub zu überprüfen ...«

»Nicht nur das, am meisten stört uns ...«, brummte der andere Polizist.

»Nein, stimmt. Das stört uns nicht am meisten.«

»Was dann?«, fragte Bélouard.

»Es sind ... ich habe es Ihnen vorhin schon gesagt ... die Ungereimtheiten. Unsere eigenen. Dass es uns nicht gelingt, die wenigen Fakten, über die wir verfügen, in eine kohärente Abfolge zu bringen.«

»Zum Beispiel?«, fragte Bélouard.

»Vorsatz oder nicht? Wenn es kein Vorsatz war, wie das fehlende Alibi, die improvisierte, ungeschickte Vorgehensweise nahelegen, wie erklärt es sich dann, dass man noch keine Spuren gefunden hat? ... Oder auch: Wir wissen, dass Geneviève Mangin zwischen ein und zwei Uhr morgens erstochen wurde, aber Madame Vincent – die bis dahin nicht den Eindruck erweckt hat, sie würde lügen – beteuert, ihr Mann sei schon vor Mitternacht nach Hause gekommen ...«

Ratlos hob der junge Inspektor die Hände.

»Sie hat jedoch auf ziemlich konfuse Weise über die Frage der Uhrzeit gesprochen«, sagte der andere Inspektor. »Sie schien zu dem Zeitpunkt nicht ganz klar im Kopf gewesen zu sein, ganz gleich, was sie behauptet. Möglicherweise hat er ihr etwas gegeben ... als Apotheker ...«

»In der Tat, er hat sie vielleicht unter Drogen gesetzt, aber ...«, fing der junge Inspektor an und hielt inne, als sich Elisabeth näherte. Nachdem sie wieder fort war: »Wie wär's, wenn wir mal das Thema wechseln?«

Es folgte ein kurzes, beinahe peinliches Schweigen.

»Apropos Drogen«, sagte der andere Polizist, »ich kenne da eine tolle Geschichte ...« und wandte sich zu Bélouard um. »Hat auch ein wenig mit Tieren zu tun ... Vor drei Jahren mussten wir in Tours eine Serie von Einbrüchen aufklären, die sich in einem Abstand von mehreren Wochen im selben Wohnhaus ereignet hatten. Ein Kollege und ich waren mit der Untersuchung in der Nachbarschaft betraut. Wir hatten die Wohnungseigentümer, die verschiedenen Mieter und am Ende die Hausmeisterin des Wohnhauses und ihren Mann befragt – die beiden waren einfach die Hölle! Wir befragten sie einzeln, wobei wir mit ihm anfingen. Der arme Teufel hatte uns nichts Interessantes zu erzählen. Dann kam sie an die Reihe. Ein Fall für sich; eine richtige alte Giftkröte. Wir saßen in der Küche. Sie hatte uns irgendeine fürchterliche Plörre gekocht, die sie als Kaffee bezeichnete, und fing an, ihr Unglück zu erzählen. Sie war gar nicht mehr zu bremsen. Unmöglich, sie zum Schweigen zu bringen. Nach einer Weile gelingt es uns dennoch zu fragen, ob sie in der vergangenen Nacht etwas bemerkt oder gehört hat. Sie antwortet: »Rein gar nichts. Und Gott weiß, dass ich einen leichten Schlaf habe. Er könnte Ihnen ein Lied davon erzählen …« Sie meinte natürlich ihren Mann. Und fügt hinzu: »Doch in dieser Nacht habe ich im Gegenteil wie ein Stein geschlafen! Wie ein Stein! Drum – Fehlanzeige. Hach, das mag ich gar nicht, bin jedes Mal völlig gerädert, wenn das passiert.« Darauf fragen wir sie, ob es denn oft vorkommt, dass sie wie ein Stein schläft, und sie antwortet, nein, nicht oft, nur manchmal. Also fragen wir sie, ob sie sich ganz zufällig erinnert, wann es denn das letzte Mal vorgekommen ist. Sie sagt, nein. Wir haken ein wenig nach, und am Ende fällt es ihr wieder ein. Sie nennt uns ein Datum: Und das war eine weitere Einbruchsnacht.« Der Polizist begann zu lachen. »Der Langfinger war jedenfalls ihr unverdächtiger, jämmerlicher Ehemann gewesen: Jedes Mal, wenn er vorhatte, einen Bruch zu begehen, verabreichte er ihr Drogen. Wir haben übrigens alle gestohlenen Dinge in seinem

Keller wiedergefunden. Er machte gar keine Anstalten, uns irgendetwas zu verheimlichen, sondern schilderte alles ganz ausführlich, sogar mehr, als wir von ihm verlangten ... Er vertraute uns ganz naiv an, dass er die Absicht gehabt hatte, noch ein oder zwei Einbrüche zu begehen, dann seine Frau kaltzumachen und sich nach Acapulco abzusetzen. Er hat uns sogar voller Rührung seine Reiseführersammlung gezeigt ...«

»So viel Naivität ist entwaffnend ...«, sagte der junge Inspektor.

»Wir fühlten uns beinahe verpflichtet, ihm zu sagen, dass er das dem Richter nicht zu sagen brauchte ... Aber das ist noch nicht alles. Das Komischste ist, dass sie einen Pudel hatten, der spitz wie Nachbars Lumpi war – mein Kollege und ich hatten ihn während der Befragung in der Küche regelmäßig vom Bein schütteln müssen. Der arme Hund! Es war so schlimm, dass sie gezwungen waren, ihn unter Drogen zu setzen, wenn ihre Schwägerin zu Besuch kam – denn sie hatte auch einen Pudel. Nur so konnten sie vermeiden, dass er dem anderen Pudel den Hintern wund stieß.« Der Polizist brach erneut in Gelächter aus. »Und mit demselben Mittel versetzte der gute Mann seine Frau in Tiefschlaf, wenn er wieder einen Bruch plante. Und er ging nicht gerade sparsam damit um. Er gestand uns, dass er mindestens sechs oder sieben Pillen in ihrem Abendtee auflöste, um sicherzugehen, dass es wirkt.«

Der junge Inspektor lachte wieder. Bélouard lächelte bloß vor sich hin. Er schien seit einer Weile mit den Gedanken woanders zu sein.

»Ich glaube, der Punkt hat unsere Hausmeisterin am meisten schockiert«, fuhr der zweite Polizist fort, »nachdem das Geheimnis gelüftet war. Dass ihr Mann den Schlosser gespielt hatte, dass er vorgehabt hatte, sie zu töten und danach in Acapulco eine ruhige Kugel zu schieben, schien sie vergleichsweise wenig zu beeindrucken. Ich erinnere mich, dass sie unentwegt wiederholte: ›Mit den Pillen von Samos, dieses Schwein! Mit den Pillen von Samos!‹«

»Komische Idee, dem armen Hund nach einer griechischen Insel zu benennen!«, sagte der Inspektor lachend.

»Ich glaube ja vielmehr«, sagte der andere Polizist, »dass sich die Anspielung auf den gleichnamigen Käse bezog ...«

Bélouard lächelte.

Etwas später, nachdem sie den Kaffee bestellt hatten, fragte er:

»Wo, sagten Sie noch mal, sei Vincents Jacke eingerissen?«

Der junge Inspektor blickte ihn überrascht an.

»An der Tasche ...«, sagte er. »Lässt Ihnen das immer noch keine Ruhe? Was beschäftigt Sie denn daran?«

»Nichts. Nichts, nichts«, erwiderte Bélouard und deutete ein Lächeln an. »Ich kam gerade darauf, weiß auch nicht warum ... Vielleicht wegen der Dinge, die Sie kürzlich im Zusammenhang mit meinem Jackett gesagt hatten ...«

17

Du bist ja vollkommen krank, mein armer Bélouard!, sagte er sich. Vollkommen krank! Er kehrte aus Blain zurück. Er befand sich auf genau demselben Straßenabschnitt, auf dem er eine Woche zuvor fast zur gleichen Zeit Claire gefunden hatte. Es kam ihm vor wie eine Ewigkeit. Vollkommen durchgedreht!, sagte er sich. Als er an den kleinen Weg kam, hielt er, ohne es eigentlich geplant oder auch nur beschlossen zu haben. Er schaltete den Motor ab und blieb einen Moment sitzen, den Blick starr geradeaus gerichtet und die Hände am Lenkrad; dann stieg er aus dem Kombi. Draußen war es noch grau und feucht, aber es hatte nicht geregnet; das Gras, die Wiesen, die Hecken, das Laub der Bäume waren ihm noch nie so grün erschienen. Der Himmel war weiß. Es ging kein Lufthauch. Über einem Graben etwas weiter vorn schwebte ein kleiner Turmfalke im Rüttelflug. Was geht in deinem Kopf vor, hm? Was versprichst du dir davon? Versuchst du den Zweig zu verbrennen – so wie sie es dir gesagt hat? Du suchst nach einem wirksamen Mittel, um sie rasch loszuwerden, bevor sie brav zu ihrem Mann zurückkehrt und die Kristalle abfallen? Ist es das? Da hättest du dir auch eine andere Methode aussuchen können … Langsam lief er den Weg entlang; nach ein paar Schritten blieb er vor der kleinen Wiese stehen, die von

Büschen gesäumt war. ›Meine Herren, ich befürchte, dass ich leiden könnte, darum wäre es mir sehr lieb, wenn sie ihr den Kopf abschneiden könnten.‹ – ›Es ist nur so, mein Herr, dass man heutzutage niemandem mehr den Kopf abschneidet, auch nicht, um jemandem einen Gefallen zu tun …‹ – ›Ich weiß, ich weiß. Aber heute Mittag hat mich ein schrecklicher Verdacht beschlichen …‹ Traurig schüttelte er den Kopf und nannte sich einen Idioten. Er blieb noch eine ganze Weile so stehen und betrachtete mit banger, etwas dümmlicher Miene die Stelle, an der er Claire vergangene Woche entdeckt hatte. Er hatte den Eindruck, von einem im Grunde völlig abwegigen Gedanken besessen zu sein – so wie es bei eifersüchtigen Menschen häufiger der Fall ist, die sich dessen zwar bewusst sind, aber nichts dagegen ausrichten können. Er versuchte verzweifelt, ihn loszuwerden. Dieses mit frischem Gras bewachsene Rechteck, in dem keine Spur mehr von ihnen zurückgeblieben war, diese bereits verschwimmende Erinnerung, in der das Phantom ihrer Begegnung verblasste, halfen ihm auch nicht. Merkwürdigerweise erweckte dieser Anblick sogar einen leichten Ekel in ihm, ohne dass er hätte sagen können, warum. Er verübelte sich diese Gedanken. Er war allein. Die Landschaft lag still und reglos da, gleichgültig, trostlos. Und nicht erst seit heute Mittag, dachte er, sondern schon lange vorher … Schon seit geraumer Zeit, doch hatte ich nicht gewagt, es mir einzugestehen …

Immerhin gelang es ihm, sich zu beruhigen. Nachdem er den Weg weitergegangen war und ein paar Schritte durch das Wäldchen aus jungen Eichen gemacht hatte, wurden seine Gedanken allmählich klarer und vernünftiger. Vor allem musste er an die Geschichte mir der Tasche denken, und er versuchte, dabei einen kühlen Kopf zu bewahren. Er erinnerte sich an jenen Augenblick, als er während des Picknicks am vergangenen Sonntag den Clown gespielt und sich wie ein Maulesel bepackt hatte. Claire hatte ihm lachend zugerufen: »Hauptsache, Ihre Sakkotasche reißt jetzt nicht!« Und weil er ihr kurz zuvor von den Verdächtigungen gegen ihn aufgrund seines Jacketts erzählt hatte – etwas, das ihm noch immer keine Ruhe ließ –, hatte er zunächst geglaubt, sie würde darauf anspielen. Aber ihm war nicht ganz klar gewesen, was sie eigentlich hatte sagen wollen. Später, im Auto, hatte er noch einmal daran denken müssen (Claire war auf seiner Schulter eingeschlafen, sodass er nur mit einer Hand lenken konnte, damit sie nicht aufwachte), als er diesen wunderschönen Tag, den sie gemeinsam verbracht hatten, innerlich Revue passieren ließ. Aber auch da hatte er es nicht verstanden, und so hatte er es schließlich für bedeutungslos erklärt; er hatte es den anderen merkwürdigen Verhaltensweisen zugeordnet und allem, was ihn an dieser Frau befremdete. Doch heute Mittag war alles wieder hochgekommen, mit einem Schlag, und zwar als der Kollege des jungen Inspektors seine Geschichte von der Hausmeisterin erzählt hatte: Plötzlich passte alles zusammen, so wie die Geschichte mit der Tasche, die ihm wieder eingefallen war, und auf einmal meinte er zu begreifen: Hauptsache, Ihre Sakkotasche reißt jetzt nicht, weil die von Vincent auch gerissen war, und dies zu den Dingen gehörte, die ihn überführt hatten. Sicher hatte sie aus Spaß darauf anspielen wollen. Aber wie konnte sie das wissen? Woher wusste sie, dass Vincents Jackett an der Tasche gerissen war? Bei dem Gedanken bekam er eine Gänsehaut. Er blieb einen Augenblick neben dem Farn unter den jungen Eichen stehen. Genau wie ein eifersüchtiger Mann, sagte er sich. Genau wie ein eifersüchtiger Mann … Verbittert schüttelte er den Kopf: Seine ungeheure Dummheit stieß ihm jäh auf. Natürlich, sie hat gar nicht an die Sache mit dem Jackett gedacht. Keine Sekunde hat sie daran gedacht … *Du* hast sie im Kopf, seit zwei Tagen beherrscht diese Geschichte deine Gedanken, darum hast du das geglaubt. Aber sie hat überhaupt nicht daran gedacht, sondern bloß gesagt: »Hauptsache, Ihre Sakkotasche reißt jetzt nicht.« Genauso gut hätte sie sagen können: »Hauptsache, Sie schlagen jetzt nicht der Länge nach hin.« Eine simple Redensart … Du bist wirklich vollkommen krank! … Er atmete tief durch, missmutig und erleichtert zugleich. Dann kehrte er um. Hauptsache, Sie schlagen jetzt nicht der Länge nach hin, wiederholte er mürrisch, während er den Weg zwischen den Feldern zurücklief. Beinahe hätte er darüber lachen können. Er fühlte sich so befreit von seiner fixen Idee, dass er kurz darauf, als er wieder in den Wagen stieg, ganz erschrocken war über das, was ihm durch den Kopf gegangen war. Du benimmst dich wirklich wie ein Vollidiot, mein armer Bélouard, sagte er sich.

Doch am selben Abend, als er aus Le Temple de Bretagne zurückkam, wendete er plötzlich und fuhr nach Fay. Er nahm es sich übel. Er schämte sich. Dennoch fuhr er zu Brunel nach Les Aublades. Diesmal zerbrach er sich nicht einmal den Kopf darüber, welchen Empfang man ihm dort bereiten würde.

Er fuhr wieder an dem schwer behangenen Kirschbaum vorbei.

Brunel war ihm gegenüber zwar nicht besonders zuvorkommend, aber auch nicht feindselig. Dieser schweigsame

Mann (Bélouard hatte neulich mitbekommen, wie Claire ihn am Telefon ziemlich schroff abgewiesen hatte) strahlte eine gewisse Resignation aus, vielleicht auch eine Spur Verzweiflung oder Fatalismus, gepaart mit einem Rest Hoffnung. Sie gingen in die Küche. Bélouard beruhigte ihn, dass nichts Schlimmes passiert sei.

»Was darf ich Ihnen anbieten? Wasser?«

»Ja«, sagte Bélouard. »Wasser ist gut.«

Brunel füllte die beiden Gläser am Hahn, stellte sie auf den Tisch und lud Bélouard ein, Platz zu nehmen. Dann setzte er sich vor sein Glas.

»Was gibt's?«

»Nun, ich war gerade in der Gegend … und dachte, ich könnte ja mal vorbeischauen und Ihnen erzählen, wie es ihr so geht«, log Bélouard.

Sie begannen sich ausführlich über Claire zu unterhalten. Erst Bélouard, auf beschwichtigende Weise (während Brunel hin und wieder mit zusammengekniffenen Augenbrauen zu ihm aufschaute, trotzig und schüchtern wie ein bestraftes Kind); dann Brunel. In seiner Einsamkeit hatte er lange gegrübelt und schließlich eine Reihe von Beschlüssen, guter Vorsätze für die Zukunft gefasst, die er Bélouard nun mitteilte, offenbar in der Hoffnung, dass er Claire davon erzählen würde. Er schien ihn zwar nicht als Freund und auch nicht eigentlich als Verbündeten zu betrachten, aber doch als wertvollen Vermittler, den er sich zwar selbst nicht ausgesucht hätte – auf diese Idee wäre er nie gekommen –, auf den er jedoch zählen konnte, zumal es ihm an Alternativen mangelte. So fiel es Bélouard nicht schwer, die Unterhaltung auf das Thema zu lenken, das ihn beschäftigte.

»Ja«, sagte Brunel, »ich lag völlig daneben ... aber ich hatte wirklich gedacht ... Sie hatte das Kleid an, das mir so gut gefällt ...«

»Ja, das geblümte Kleid ... sie trug es, als ich sie gefunden habe«, sagte Bélouard.

»Nein«, sagte Brunel. »Nicht das. Ein anderes ... viel kürzeres ... ich hatte es ihr geschenkt, weil ich es so sexy fand. Es war ein Kleid, das ... nun ja ... sie ...« Er verstummte. »Ich dachte wirklich, sie hätte Lust.«

»Es war kein geblümtes Kleid?«

»Wenn ich es Ihnen doch sage! Das war doch der Grund, warum ich geglaubt hatte ... Aber da lag ich völlig falsch. Und dann hat sie Dinge gesagt, die sie besser nicht gesagt hätte, und ich bin ausgerastet. Tja. Das ist alles. Das hätte ich nicht tun dürfen. Es wird nicht wieder vorkommen.« Brunel hob den Kopf. »Das können Sie ihr sagen ...«

»Das werde ich tun ...«, versicherte Bélouard. »Zumal Sie an dem Tag ja auch nicht so richtig in Form waren, wenn ich es richtig verstanden habe?«

»Das kann man wohl sagen, ich war völlig gerädert! Ich hatte an dem Tag bis in die Puppen geschlafen ... bis ... ich weiß es gar nicht mehr wie lange ... vielleicht bis zehn oder so ...«

»Passiert Ihnen das oft?«, fragte Bélouard und errötete.

»Eigentlich nie. Keine Ahnung, was los war ...«

»Haben Sie sich spät schlafen gelegt?«

»Nicht einmal das!«, rief Brunel. »Wir waren zu Bett gegangen, um noch einen Film anzusehen ... Aber ich glaube, ich bin gleich weggenickt.«

»Ach ...«, sagte Bélouard.

Dann wieder der Kirschbaum, der steinige Weg, über den sein Auto ruckelte, ohne Staub aufzuwirbeln – wegen des Regens am Vortag –, die Trauerweiden und Weißdornbüsche, die wie auf eine Perlenkette aufgezogen in einer Reihe standen, die Felder, die Kreuzung, die Landstraße. Der Himmel hatte sich im Laufe des Abends schiefergrau verfärbt; nur im Osten, kurz über dem Horizont, war er noch tiefblau. Mit Absicht, sagte sich Bélouard. Sie hätte sich mit Absicht schlagen lassen können, um ihre Wut oder Verzweiflung zu verbergen, zumal sie genau wusste, wie sie es anstellen musste, um den armen Kerl zum Äußersten zu treiben … Er bereute ernsthaft seinen Besuch in Les Aublades. Ohne es zu merken, fuhr er viel zu schnell, den Blick starr auf die Fahrbahn geheftet; er litt. Ihm war, als würde sein Geist von einem unheilbaren Krebs befallen, von einer Hydra, deren Köpfe sich um so rascher vermehrten, je wilder er versuchte, sich aus dieser Umklammerung zu befreien. Sich ein neues Kleid anzuziehen, dafür hatte sie Zeit gefunden, sagte er sich, nicht jedoch, sich ein wenig Watte in die Nase zu stopfen …

Seine Gedanken überschlugen sich. Fügten sich zusammen, zerflossen wieder, widersprachen sich. Erneut fragte er sich, warum sie gesagt hatte, Hauptsache, seine Sakkotasche würde jetzt nicht reißen. Wieder zog er alles in Zweifel. Er dachte an Claires Ängste und ihre unerklärlichen Reaktionen, an die erstickten Schreie, die er in manchen Nächten noch immer zu hören glaubte. Er dachte an Brunel, der völlig gerädert gewesen war. Er dachte an tausend Dinge, die ihm das Herz zusammenkrampften. Und in diesem Moment fühlte er sich so elend, dass er überhaupt nicht mehr vernünftig denken konnte. Mitunter fragte er sich, ob er nicht doch krank war, richtig krank, paranoid oder weiß der Teufel was, ob er vielleicht ernsthaft im Begriff war, den Boden unter den Füßen zu verlieren – für den Bruchteil einer Sekunde. Ich dachte … Brunel dachte … Dieser Frau werden laufend irgendwelche Absichten unterstellt … Und nun halte ich sie gar für fähig, ihren Mann unter Drogen gesetzt zu haben, um Leute umzubringen, von denen er mir selbst gesagt hat, dass sie keinen Kontakt miteinander hätten! Und das alles nur, weil man mir heute Mittag eine Hauswartsgeschichte erzählt hat … Weil man mir gesagt hat, der Mörder könne eine Frau sein … Weil sie mir diesen Sonntag etwas Doppeldeutiges zugerufen hat … Wenn man das überhaupt als doppeldeutig bezeichnen kann. Im Grunde doch nur, weil ich sie von Anfang an merkwürdig fand. Merkwürdig … und weil mir das vielleicht schon die ganze Zeit im Kopf herumspukt – vielleicht sogar schon seit dem Moment, da ich sie am Straßenrand gefunden habe –, nur dass ich dieses Gefühl damals noch nicht in Worte fassen konnte … Daher musste es so kommen. Es ist wie eine Art Abszess, den man aufsticht … Mit einem Mal fuhr er langsamer, denn er kam in die Nähe seines Hauses. Ich muss damit aufhören; ganz gleich, wie es darum bestellt ist …, sagte er sich. Und auf den letzten Metern, die er fast im Schritttempo fuhr, traf er eine Entscheidung. Die beste Möglichkeit, damit aufzuhören, war, mit ihr zu sprechen. Er musste einen Weg, die richtigen Worte, den Mut finden, die Frage behutsam anzuschneiden, damit das endlich ein Ende hatte …

Jedenfalls war das seine feste Absicht, als er aus dem Auto stieg.

18

Aber er ließ es bleiben. Er stellte keine einzige Frage und war auch nicht fähig, irgendetwas geschickt anzuschneiden, solange Claire ihm gegenübersaß. Er war einfach nicht dazu imstande. Nicht etwa aus mangelndem Mut, sondern aus einem Schamgefühl heraus, das sich in ihrer Gegenwart fast unmittelbar bei ihm einstellte, und auch weil seine Verdächtigungen sich quasi augenblicklich in Luft auflösten – wie die Schrecken eines Schläfers, den man aus seinem Albtraum weckt und dem auf einmal nur Verwunderung und ein wenig Restangst bleiben. Sie verbrachten einen sehr schweigsamen, fast friedlichen Abend. Er, der nach dem Abendessen noch immer ein wenig Übelkeit verspürte, eine Mischung aus Unbehagen und Scham, und es für eine gute Idee hielt, einen seiner Valérys hervorzukramen (aus dem er folgenden Satz vorlas: »Stets halten wir das Schlimmste für das Wirkliche.«); Claire, die neben ihm auf dem Sofa saß, in die Lektüre von *Moby Dick* vertieft, mit der sie am Tag zuvor angefangen hatte. Und während er ihr zusah, sagte er sich: Allein schon das, die einfache Tatsache, dass sie *Moby Dick* liest …; dabei fielen ihm wieder einige von den Dingen ein, die ihm im Laufe des Tages durch den Kopf gegangen waren und von denen er im Moment völlig befreit war.

Aber in der Nacht hatte er Mühe einzuschlafen.

Am folgenden Tag hatten ihn die wenigen Stunden Schlaf wieder einigermaßen ins Gleichgewicht gebracht. Jedenfalls war er sehr viel ruhiger als am Tag zuvor, der ihm wie ein einziger Albtraum vorgekommen war. Noch ein wenig bedrückt, aber ruhig; in einer merkwürdig gedämpften Stimmung, die allerdings nicht vergleichbar war mit jener Achterbahn der Gefühle, die ihn am Vorabend gequält hatte. Es regnete. Ich wäre bestimmt wieder vollkommen im Lot, wenn endlich dieser Regen aufhörte!, sagte er sich. Im Laufe des Vormittags, wenn er zwischen zwei Behandlungen eine Pause hatte, musste er wieder an all das denken. Dann saß er unbeweglich in seinem Schwingsessel, umgeben von dem monotonen Tröpfeln des sanften, endlosen, grauen Regens, und starrte mit leerem, abwesenden Blick auf die fahle Helligkeit des breiten Fensters, das zur Sackgasse zeigte. Mittlerweile dachte er nüchtern und sachlich darüber nach, beinahe gelassen, ohne Angst oder Panik. Er war nicht mehr krank, sondern schon auf dem Wege der Genesung von dieser Krise, deren schreckliche Visionen sich allmählich in nichts auflösten. Brunel könnte sich sehr wohl irgendeinen Virus eingefangen haben, sagte er sich. Irgendetwas hat ihn vorübergehend schachmatt gesetzt, und … na ja, das kommt halt vor … Etwas später sagte er sich dann: Und sie, warum sollte sie nicht einfach das Bedürfnis gehabt haben, ein Kleid auszuziehen, an dem eine ihr widerliche Begierde hing, ohne dabei an etwas anderes zu denken, als schnell ein anderes überzustreifen und fortzulaufen … Wenn man schon einen anderen Schuldigen als Vincent in Betracht zog, dachte Bélouard (es war mittlerweile fast Mittag) und also von seiner Unschuld ausging, dann gab es auch keinen Grund, an seiner Geschichte von dem Soldaten zu zweifeln. Es war ganz offensichtlich, dass man in dieser Richtung weitersuchen musste. So grübelte er noch eine ganze Weile hin und her, bis er zum Mittagessen aufbrach. Im Restaurant traf er dann den alten Decombe – der sich nun wieder blicken ließ, da die Journalisten den Ort geräumt hatten.

»Sie sehen aus, als hätten Sie Sorgen«, bemerkte der alte Mann.

»Ja, ein wenig … ähm, ich möchte Sie gern um einen kleinen Gefallen bitten …«

Das Gesicht des alten Mannes hellte sich auf.

»Aber gern, nur zu«, sagte er.

»Es ist eine etwas ungewöhnliche Bitte …«, druckste Bélouard. »Zögern Sie vor allem nicht, sie abzulehnen, falls …«

»Sagen Sie mir einfach, worum es sich handelt …«, gab Decombe zurück.

Doch Bélouard antwortete nicht. Er schaute eine Weile mit gerunzelter Stirn und beunruhigter Miene in eine andere Richtung und erhob sich schließlich.

»Ich komme gleich wieder«, sagte er.

Er durchquerte das Restaurant und verschwand hinter der Bar. Kurz darauf kehrte er zurück.

»Also …«, sagte er (und setzte sich). »Wäre es Ihnen wohl möglich, ein paar Informationen über zwei Personen einzuholen, die vielleicht einmal auf Ihre Schule gegangen sind? Aber ich sage es noch mal: Zögern Sie nicht …«

»Um wen handelt es sich?«, fiel der alte Mann ihm ins Wort.

»Um Geneviève Foulon und Claire Tessier …« (Er hatte

den Mädchennamen von Geneviève Mangin in der Montagsausgabe der Zeitung gelesen; den von Claire hatte er aus seinem gestrigen Gespräch mit Brunel erfahren).

Decombe hatte bereits seinen Kalender aus der Innentasche seines Jacketts geholt. Mit seinen insektenartigen, zitternden Fingern zog er den kleinen Bleistift heraus und ließ sich die beiden Namen wiederholen.

»Geneviève ..., ist das nicht ...«

»Doch«, erwiderte Bélouard.

»Interessieren Sie sich auf einmal doch für diese Geschichte?«

»Ich habe persönliche Gründe, mich dafür zu interessieren ... Aber vor allem möchte ich nicht, dass Sie sich verpflichtet fühlen, es zu tun, falls ...«

»Ich vertraue Ihnen«, unterbrach ihn der alte Mann erneut. »Was wollen Sie denn genau wissen?«

»Ich weiß nicht ... Alles, was Sie herausfinden können ... Ob sie sich kannten, ob sie in derselben Klasse waren, ob sie einen Freund hatten ... gegebenenfalls den Namen des Freundes ...«

Bélouard zuckte mit den Achseln.

»Ich werde sehen, was sich machen lässt«, sagte der alte Mann und fügte dann hinzu: »Ich nehme an, es ist eilig?«

Bélouard nickte fast unmerklich.

»Seien Sie so diskret wie möglich ... Es sollte ein Geheimnis zwischen Ihnen und mir bleiben.«

»Sie können sich auf mich verlassen«, versprach Decombe.

Bélouard legte ihm die Hand auf den Arm, nickte und lächelte verhalten, aber herzlich.

In Wirklichkeit hätte er ihm am liebsten gesagt, es sei

nicht mehr nötig, er solle einfach vergessen, worum er ihn gebeten hatte.

Am Nachmittag, gegen vier Uhr, als er vom Bauernhof bei Notre-Dame-des-Landes zurückkehrte und an Les Sauvignères vorbeifuhr, kam ihm die Idee, bei den Monges vorbeizuschauen. Und warum nicht auch bei Pasquier, aber nur, wenn ihm ein guter Vorwand einfiel – denn Pasquier gehörte wie dessen Freund Mangin, und zwar seit demselben Zeitpunkt, zu den Kunden, die Bélouard verloren hatte. Für Monge hatte er sich jedenfalls die Ausrede zurechtgelegt, nach dem kleinen Pferdchen sehen zu wollen: Es war durchaus plausibel, dass er vorbeikam, um sich nach ihm zu erkundigen. Er hielt dies ohnehin für sinnvoll.

Also fuhr er zu Monge.

Inzwischen hatte es aufgehört zu regnen. Der Himmel war aufgerissen, hier und da kamen ein paar Streifen reines Azurblau zum Vorschein.

Im Hof stieß er wieder auf den alten Monge.

»Ist Philippe nicht da?«

»Nein, er steckt in Hochzeitsvorbereitungen.«

»Ich dachte, er sei schon verheiratet«, sagte Bélouard.

»Schien mir auch so«, erwiderte der alte Monge. »Aber ich glaube, diesmal ist es für einen Kollegen von ihm aus der Gegend von Guémené … Ich vermute, er wird nicht mehr ganz frisch sein, wenn er heute Abend nach Haus kommt …«

»Ich wollte nur einen Blick auf seinen kleinen Berber werfen«, sagte Bélouard. »Wie geht es ihm denn?«

»So lala«, antwortete der Alte.

Sie liefen über den matschigen Hof. Monge, der offenbar bester Laune war und anfing, ihm eine schlüpfrige Geschichte zu erzählen, in der es um einen phänomenalen Hahn ging; und Bélouard, der begriff, schon begriffen hatte, dass er das Pferd bestimmt wieder auf der kleinen Koppel vorfinden würde, wo es vergangene Woche bis zu den Fesseln im Schlamm gestanden hatte. Und in der Tat stand es noch immer dort. Mit dem einzigen Unterschied, dass man die Koppel mit einer dicken Schicht schmutzigem Heu ausgelegt hatte, auf die andeutungsweise etwas frisches Stroh gestreut worden war.

»Wir haben gemacht, was Sie gesagt haben, es steht im Trockenen«, raunte Monge ihm schlitzohrig zu.

Bélouard drehte sich nicht einmal zu ihm um. Er war unter dem Zaun hindurchgeschlüpft und lief auf das kleine isabellfarbene Pferd zu, das ganz elend aussah und wie erstarrt dastand, weder den Kopf drehte noch mit den Ohren zuckte. Bélouards Stiefel sanken bei jedem Schritt mit einem schmatzenden Geräusch im Stroh ein, wobei ein bräunlicher, schäumender Saft hervortrat.

»Und haben das Wasser durch Kuhpisse ersetzt!«, schimpfte er.

Der kleine Berber hatte ganz geschwollene Nieren. Als Bélouard ihn an der Stelle mit der Hand berührte, wich er gleich zur Seite. »Schon gut, ich fasse dich dort nicht mehr an, mein Guter«, sagte er, »versprochen …« und streichelte ihm die Stirn. Das Pferd sah ihn mit feuchten Augen an und schnaubte kräftig. »Wir werden uns jetzt um dich kümmern«, flüsterte Bélouard ihm zu.

»Bei Hufrehe soll es nicht unbedingt schädlich sein, wenn das Pferd mit den Füßen im Wasser steht«, brachte Monge zu seiner Verteidigung vor. »Hat jedenfalls einer der Jungs zu Philippe gesagt …«

»Es ist aber keine Rehe«, entgegnete Bélouard, nachdem er wieder durch den Zaun geschlüpft war. »Ist Philippe morgen wieder da?«

»Ja«, sagte Monge, »… wahrscheinlich mächtig verkatert, aber er wird da sein …«

»Dann komme ich morgen wieder«, sagte Bélouard. »Ich muss mit ihm reden.«

»Ja, schon, aber es wäre gut, wenn …«, fing Monge an.

»Wann sind die Chancen am besten, dass ich ihn zu Gesicht bekomme?«

»Nach dem Mittagessen …«, sagte Monge.

»Gegen halb eins?«

»Ja«, sagte Monge, »so in dem Dreh …«

»Gut, dann sagen Sie ihm, dass ich ihn morgen gegen halb eins besuchen komme«, sagte Bélouard.

Sie schlenderten zum Hof zurück. Sie liefen schweigend nebeneinander her. Monge schien nicht mehr zu Späßen aufgelegt zu sein. Seine kleinen, stechenden Adleraugen funkelten böse unter den struppigen gelblichen Brauen.

»Keine Sorge, ich werde Sie keinen Cent kosten«, fügte Bélouard hinzu.

Doch der Alte schien sich nicht zu entspannen. Irgendetwas an dieser Pferdegeschichte verhagelte ihm die Laune – offenbar war es nicht nur das Geld, wie Bélouard zunächst vermutet hatte. Sie erreichten den Hof.

»Übrigens … Sie haben nicht zufällig einen Schäferhund in der Gegend herumstreunen gesehen?«, fragte Bélouard. (Das war der Vorwand, den er sich überlegt hatte, um bei Pasquier vorbeischauen zu können.) »Ein paar Leute haben bei mir angerufen, weil ihnen der Hund entlaufen ist, und zwar in dieser Gegend.«

»Wenn der hier auftaucht, ballere ich ihm eine Ladung Schrot in den Hintern«, sagte Monge.

»Er soll ganz lieb sein … Rufen Sie mich besser an!«

»Eine Ladung Schrot in den Hintern. Schluss Punkt aus!«, wiederholte Monge wie ein bockiger alter Giftzwerg.

Er bot Bélouard nicht einmal einen Schluck zu trinken an, worauf dieser eigentlich spekuliert hatte, und blieb stehen, noch bevor sie den Wagen erreichten.

»Na dann, wiedersehen!«, sagte er.

»Wiedersehen«, erwiderte Bélouard ein wenig verunsichert. »Bis morgen …« Nach wenigen Schritten drehte er sich noch einmal um und rief: »Neulich haben die Polizisten bei mir vorbeigeschaut … Sie wollten wissen, ob ich jemals einem Soldaten in Les Sauvignères begegnet bin … Waren sie auch bei Ihnen?«

Monge bejahte dies mit einem mürrischen Brummen.

»Ich kann mir vorstellen, was Sie denen für einen Empfang bereitet haben«, erwiderte Bélouard.

»Ganz richtig! Ich habe Ihnen gesagt, Sie sollen sich zum Teufel scheren!«, sagte Monge.

»Und … wie haben sie reagiert?«

»Wie sollen sie schon reagiert haben? Sie sind wieder in ihr blaues Wägelchen gestiegen, haben ihr Schwänzchen eingezogen und ’ne Fliege gemacht.«

Bélouard schenkte ihm ein breites komplizenhaftes Lächeln. Es hat geklappt, dachte er, während er Monge auf sich zukommen sah. Und in der Tat erzählte ihm der Alte noch einmal von vorn, wie das mit den Polizisten abgelaufen war, was er gesagt hatte und wie sie reagiert hatten, wobei er das Ganze mit weiteren Einzelheiten ausschmückte.

Bélouard musste die Prahlereien noch gute zehn Minuten über sich ergehen lassen.

»Davon mal abgesehen«, sagte er, »ganz unter uns, haben Sie jemals von einem Soldaten in Les Sauvignères gehört? Oder dass Geneviève sich früher einmal mit einem eingelassen hätte? ...«

»Ha, na, dass ich nicht lache!«, sagte Monge. »Dem kleinen Soldaten hätten wir hier Beine gemacht, vor allem der alte Foulon! Das war nicht grad sein Stil! Geneviève, die hätte vielleicht nicht Nein gesagt ... die hat sich immer für was Besseres gehalten. Man muss die Dinge beim Namen nennen ... es hatte schon seine Gründe, dass sie sich mit dem Apotheker eingelassen hat ... aber eins steht fest: Zu Lebzeiten des alten Foulon hätte es das nicht gegeben. Damals ging sie noch nicht mit jedem aus. Man muss sich nur anschaun, wie das ausgegangen ist, als sie einmal mit dem Sohn von nebenan anbändeln wollte, und wohin das geführt hat. Es wäre beinahe zum Schusswechsel zwischen den Vätern gekommen ... Der alte Foulon hat nämlich nicht lang gefackelt, wenn es darum ging, die Büchse von der Wand zu nehmen ... In der Hinsicht war der nicht gerade zimperlich ...«

»Der Sohn von nebenan ... Pasquier?«

»Nein. Nicht Pasquier. Auf der anderen Seite. Sautereau ...«

»Richtung Les Nouées? Kenne ich gar nicht.«

»Sie leben schon über zwanzig Jahre nicht mehr in Les Nouées ... Sie haben ihr Land ans Departement verkauft.«

»Und Geneviève hatte etwas mit dem Sohn von den Sautereaus?«

»Ach was! Dazu hatte sie gar keine Zeit! Und ich glaube,

mit dem Apotheker hätte sie auch keine Zeit gehabt, wenn der alte Foulon noch am Leben gewesen wäre! … Pierrot war kein schlechter Kerl, aber er war nicht mehr vom selben Schlag wie sein Schwiegervater. Tja, das war noch die alte Generation. Die war aus einem anderen Holz geschnitzt … Ich bin ja der Meinung, der Schaufelstiel, der den alten Foulon unter die Erde gebracht hätte, den gibt es noch nicht, genauso wenig wie den Baum dazu …«

Und Monge, dessen Kopf einem alten schrumpeligen Apfel glich, schwang unermüdlich weiter seine Reden, die Fingerspitzen in die Hosentaschen gesteckt und mit stolz geschwellter Brust, über das sich ein schmuddeliges Unterhemd spannte. Nur, dass jetzt andere Geschichten dran waren, die alle irgendwie ineinander verschachtelt waren – eine verrückter als die andere –, Prahlereien, die sich quer durch alle Generationen zogen. Geschichten von durchgeladenen Gewehren, von Güllegräben, in denen Vater und Sohn ertrinken, von umgekippten Traktoren, in dem sich der erdrückte Fahrer vor Verzweiflung die Adern mit dem Klappmesser aufschneidet. Bélouard gelang es, ihn noch ein-, zweimal auf Les Sauvignères zurückzubringen, dann gab er es auf – Monge hatte es geschafft, ihn mit seinem Geschwätz zu verwirren, und er hatte ihn beinahe von der Absurdität seiner Fragen überzeugt. Allmählich lauerte Bélouard nur noch darauf, dass er bald aufbrechen konnte.

»Nein, nein, ich muss los«, sagte er, als der Alte ihm letztlich doch noch anbot, einen Schluck zu trinken. »Ich muss noch bei Pasquier vorbeischauen wegen dieses Schäferhunds …«

»Er wird Ihnen dasselbe sagen wie ich«, sagte Monge.

»Nach allem, was ich von Philippe gehört habe, ist mit dem zurzeit nicht gut Kirschen essen ...«

Und das stimmte. Mit Pasquier, der unentwegt immer wieder von seinem makaberen Fund hatte erzählen müssen und nebenbei auch noch seinen besten Kumpel verloren hatte, war überhaupt nicht gut Kirschen essen. Davon konnte sich Bélouard kurz darauf restlos überzeugen, als er ihn dabei antraf, wie er gerade Düngersäcke in seine Remise schleifte. Er sagte ihm nicht einmal Guten Tag, sondern richtete sich lediglich auf (mit finsterem Blick und staubigem, fahlem Gesicht) und wischte sich die Hände, die voller Nitrat waren, an seinem Blaumann ab.

»Ich komme gerade von Monge ...«, sagte Bélouard. »Ich suche einen Schäferhund, der hier in der Umgebung seinen Besitzern entlaufen sein soll ...«

Pasquier schüttelte nur den Kopf.

Bélouard räusperte sich. »Na denn ...«, sagte er, »Pech ...« und wandte sich um. Als er an den Ausgang der Remise kam, fügte er noch hinzu. »Mein Beileid für ...«, aber ohne sich sicher zu sein, ob er es aussprechen, ja ob er seinen Satz beenden sollte.

Er ging fort.

Es war schon spät. Er hatte gerade noch Zeit, ein paar Einkäufe zu machen, bevor der Supermarkt schloss.

19

Durch die aufreißenden Wolken sandte die untergehende Sonne ein paar letzte rotgoldene Strahlen aus, die mit einem Mal die Küche erleuchteten. Das Fenster stand offen, man hörte einen Eichelhäher krächzen. Bélouard hob den Blick von seinem Teller Nudeln. Ein Satz schoss ihm durch den Kopf, den er früher einmal in einem Buch gelesen hatte und der ihm nun wieder in den Sinn kam: »Der Hahn, der in der milchigen Frühe kräht, glaubt, sein Gesang brächte die Sonne hervor …« Ein etwas melancholisches Lächeln huschte flüchtig, kaum sichtbar über sein Gesicht, und nachdem er die Gabel auf seinen Teller sinken lassen hatte, verharrte er einen Augenblick reglos mit rot umrandeten Lippen, vollem Mund und verlorenem Blick. Dann kaute er weiter, schluckte herunter, was er im Mund hatte, und schaute Claire an.

Der Geruch von frischer, feuchter Erde drang in die Küche und vermengte sich mit dem Duft der leicht karamelisierten Tomatensoße.

Der Eichelhäher krächzte wieder.

»An welcher Stelle sind Sie im *Moby Dick*?«, fragte er. An diesem Abend hatten sie wenig miteinander gesprochen. Nur das Nötigste bei der raschen Vorbereitung des Essens.

Sie warf ihm einen ausweichenden Blick zu. Und nachdem sie sich wieder für eine Sekunde über ihren Teller gebeugt hatte, hob sie den Kopf erneut und starrte Bélouard unverwandt an, mit ihrem harten, ausdruckslosen, beinahe stupiden Blick – vielleicht war es auch eine Art verächtliche Gleichgültigkeit, die wie von fern her zu kommen schien –, einem Blick, den sie noch sehr oft hatte, abgesehen von jenen wundersamen Momenten, in denen sie lachten.

»Ich habe es ausgelesen«, antwortete sie.

»Ah ... Und hat es Ihnen gefallen?«

Sie antwortete nicht, senkte bloß schweigend den Blick, und er spießte wieder ein paar Makkaroni auf seine Gabel. Dieses leichte Klappern des Bestecks war das einzige Geräusch im Raum.

Claire aß noch immer nicht weiter. Sie fing sogar wieder an, ihn anzustarren.

»Hatten Sie noch nie das Bedürfnis, einfach fortzugehen?«, fragte sie.

»Fortzugehen ... Sie meinen, alles hier zu verlassen, endgültig ... Weit fortzugehen?«

»Ja.«

»Doch ... Doch, doch, sogar schon oft ...«

»Warum tun Sie es dann nicht?«

»Tja ...« Er verzog die Lippen zu einer drolligen Schnute. »Wahrscheinlich aus mangelndem Mut ... aus mangelnder Kühnheit oder ... ich weiß es nicht ...« Er lächelte sie an. »Manchmal frage ich mich auch einfach, ob ich mich woanders nicht genauso langweilen würde wie hier ... Letztlich bleibe ich ja doch derselbe ...«

Sie starrte ihn noch einen Moment an, mit demselben harten, gleichgültigen oder stupiden Blick, dann aß sie weiter. Gutmütig lächelnd fügte er hinzu:

»Aber vielleicht ist dies eben das beste Argument der Feigheit … Und Sie?«

Er wurde sich seiner Tolpatschigkeit sogleich bewusst.

»Ob ich das Bedürfnis habe fortzugehen?«, sagte sie etwas düster, und man konnte eine Spur Verärgerung heraushören.

»Nein, ich meine …«, stammelte er. »Natürlich … Ich kann mir denken …«

»Ja«, sagte sie. »Ich hatte das Bedürfnis.«

»Ja, natürlich … natürlich …« Dann, nach einer Weile, erneut lächelnd: »Gibt es ein Land, das Sie besonders reizen würde?«

»Amerika«, sagte sie.

Er sah sie erstaunt an.

»Ach ja? … Das Amerika von New York?« Sie erwiderte nichts, sondern beugte sich über ihren Teller.

»Warum Amerika? Gibt es dafür einen besonderen Grund?«

»Wegen eines Films …«

»Aha … welchen denn?«

Sie antwortete nicht gleich. Bélouard betrachtete sie und hielt mit der Gabel Makkaroni vor dem Mund einen Moment inne.

»Ich erinnere mich nicht mehr …«

»Wovon handelte er?«

»Ich weiß nicht mehr … Warum langweilen Sie sich? Gefällt Ihnen Ihr Beruf nicht?«

»Doch. Doch, doch, er gefällt mir … Aber … ich weiß nicht … Ich langweile mich ja auch nicht ständig … Im Übrigen langweile ich mich deutlich weniger in letzter Zeit«. Er errötete. »Ansonsten … keine Ahnung. Aus

Antriebslosigkeit vielleicht … Manchmal stelle ich mir ein Leben vor, das ungewöhnlicher, abenteuerlicher wäre als das Leben, was ich im Moment führe, ein Leben, wo ich Löwen, Warane und Nilpferde behandeln müsste … und ich sage mir: eines steht fest, sollte ich jemals ein solches Leben führen, würde ich mich nie mehr langweilen … Aber wenn man solche Träume braucht, um wieder Geschmack am Leben zu finden, heißt das nicht, dass einem eben genau die Energie fehlt, die man bräuchte, um derartige Pläne umzusetzen …«

»Und weckt das in Ihnen nicht den Wunsch, mit allem Schluss zu machen?«

»O nein!«, rief er mit weit aufgerissenen Augen, als überkäme ihn eine plötzliche Panik. »Überhaupt nicht! Nein, nein. Nicht, dass ich …«

»Haben Sie nie daran gedacht?«

»Ich … Doch, es ist vorgekommen … Aber ich habe es immer irgendwie dumm gefunden. Wirklich dumm …«

»Hätten Sie nicht Lust, die Leute, die Sie geliebt haben, dort wiederzusehen?«

»Oh … Daran glaube ich leider nicht …«

»Meinen Sie, da gibt es nichts?«

»Rein gar nichts … Leider … denn die Aussicht, bestimmte Leute dort wiederzusehen und sie weiter zärtlich lieben zu können, wäre wirklich ein ungeheurer Trost …«

»Oder ihnen weiter wehzutun«, sagte sie. Bélouard zuckte innerlich zusammen. »Wie Kapitän Ahab …«, fügte sie hinzu.

»Ach ja«, sagte er, »Kapitän Ahab …« Auf Bélouards rotem Gesicht zeichnete sich wieder ein schwaches Lächeln ab, das zärtlich und mitfühlend war. »Nein, daran glaube ich leider nicht«, wiederholte er, »... im Übrigen gibt es eine Menge Dinge, an die wir heutzutage nicht mehr glauben. Ich habe den Eindruck, wir sind noch genauso unwissend wie damals, haben aber viel von unserer Unschuld verloren. Und vielleicht ist das der Grund, weshalb wir zur Langeweile neigen ... Damit wir uns nicht langweilen, müssten wir erst einmal unseren Glauben zurückgewinnen, und zwar ...«, er überlegte einen Augenblick, bevor er mit beiden Händen auf sich zeigte – in der einen Hand die erhobene Gabel –, und in einem noch immer schwermütigen, aber auch drolligen Ton sagte: »... den Glauben an unsere eigene Pracht ... Wie Don Quijote ... Aber wahrscheinlich fehlt uns heute die nötige Naivität dazu ...«

Dann spießte er wieder energisch Makkaroni mit der Gabel auf. Claire schien mit dem Essen fertig zu sein.

»Vor einigen Jahren«, fuhr er fort, »habe ich eine wunderbare Don Quijote-Verfilmung gesehen ... An einer Stelle des Films reitet Don Quijote neben einer Art Herzogin her, einer Aristokratin, der er unterwegs begegnet ist und der er sehr ritterliche Liebeserklärungen macht, doch sie macht sich nur über ihn lustig, ohne dass er es merkt. Auf einmal kommt ihnen ein etwas kläglicher Wanderzirkus entgegen, mit einem in einen Käfig gesperrten Löwen. Um Don Quijote zum Narren zu halten, behauptet die Herzogin, sie habe schon viel von seinem Mut gehört und sähe ihn zu gern mit diesem Löwen kämpfen. Sie ist natürlich überzeugt, dass er einen Rückzieher machen wird, und reibt sich schon die Hände. Doch Don Quijote erwidert, er sehe keinen Anlass, mit dem Tier zu kämpfen, täte es aber dennoch, da es der Wunsch einer Dame von so edler Herkunft sei. Als er von seinem Pferd steigt, beugt sich Sancho Panca zu der Adeligen hinüber und flüstert ihr vorwurfsvoll ins Ohr: »Herzogin, es gibt Leute, die muss man zwingen, und andere, die muss man hindern ...« Jedenfalls ist Don Quijote inzwischen auf den Käfig zugegangen und richtet sein Wort an den Löwen, dem er mit etwas alberner Emphase sehr vornehme, wirklich schöne Dinge sagt. Und alle, die drum herum stehen, lachen, weil sie überzeugt sind, dass er am Ende einen Rückzieher machen wird. Auch die Gräfin trägt ihr feines ironisches Lächeln zur Schau ... Da stößt der Löwe ein lautes, so furchterregendes Gebrüll aus, dass alle Leute vor Schreck erstarren, und Don Quijote raunt ihm mit ernster und etwas trauriger Stimme zu: »Ach! Langweilst du dich etwa auch in Spanien? ...«

Bélouard sah Claire lächelnd und mit vor Rührung feuchten Augen an.

»Schön, nicht wahr?«

»Und hat er am Ende mit dem Löwen gekämpft?«

»Ja ... oder eher, nein ... er hat den Käfig aufgemacht – worauf alle weggerannt sind – und sich vor die Tür gestellt. Dann hat er wieder in äußerst lächerlicher Manier sein Schwert gezückt und den Löwen um Verzeihung gebeten, weil er ihn so grundlos zum Kampf herausfordert. Aber der Löwe wollte den Käfig nicht verlassen, und Don Quijote war ein wenig ...«

Das Telefon klingelte. Sie sahen sich eine Sekunde lang gegenseitig an, mit demselben abwartenden, ausdruckslosen Blick; dann stand Bélouard auf und ging ins Wohnzimmer. Er hob ab, in der festen Annahme, es sei Brunel, doch es meldete sich Decombe; er erkannte seine krächzende Stimme sofort, die durch das Telefon noch schriller klang. Der Gute hatte den Nachmittag damit verbracht, Informationen für ihn zusammenzutragen. »In meiner Schule hat es nie eine Claire Tessier gegeben«, sagte er; daran gab es nichts zu deuteln. Bélouard hatte nicht einmal Zeit gehabt, einen Schreck zu bekommen. Was Geneviève Foulon anging, fuhr der alte Mann fort, so war sie eine mittelmäßige Schülerin und, wie es scheint, nicht gerade fleißig. Decombe erzählte noch zwei, drei belanglose Dinge, die er in Erfahrung gebracht hatte. Jedenfalls hatte man nie davon gehört, dass einer der Klassenkameraden in der Zeit ihr Freund gewesen wäre. »Aber unsere Schule ging ja nur bis zur neunten Klasse«, sagte Decombe. »Ach ja, stimmt, daran hatte ich gar nicht gedacht«, erwiderte Bélouard. Darauf fügte Decombe noch hinzu, dass er den Direktor des Camus-Gymnasiums gut kenne und sich da auch noch kundig machen könne. Aber Bélouard schlug das Angebot aus und erklärte, dies sei nun eigentlich nicht mehr nötig. Er bedankte sich herzlich bei Decombe und versprach, bevor er auflegte: »Eines Tages werde ich Ihnen erzählen, was ich da für Streiche ausgeheckt habe.« Dann kehrte er in die Küche zurück. An diesem Abend hatte er so wenig mit Decombes Anruf gerechnet, hatte so wenig Zeit gehabt, zu reagieren, dass er keine Erleichterung empfand, sondern nur eine stumme, wachsende, fast unerklärliche Freude.

Claire stand vor dem Spülbecken und hatte mit dem Abwasch begonnen. Unter ihrem Kleid zeichnete sich ihr Körper ab, der von winzigen, aufreizenden Bewegungen erschüttert wurde. Er näherte sich ihr, den Blick starr auf sie geheftet. Er war fasziniert, von einem Gefühl ergriffen, das in diesem Moment in etwa vergleichbar war mit den etwas dümmlichen und übertriebenen Gefühlen, die durch Trunkenheit hervorgerufen werden. Noch nie hatte er ein so starkes Verlangen verspürt, sie in die Arme zu nehmen, an sich zu drücken und vielleicht auch um Verzeihung zu bitten. Doch als er schon fast hinter ihr stand, drehte sie sich plötzlich um. Er erstarrte; sie blieben einen Moment voreinander stehen und sahen sich gegenseitig in die Augen. Dann lächelte sie ihn an. Ein fast unmerkliches, aber zärtliches Lächeln, bei dem sie den Kopf leicht zur Seite neigte. »Du langweilst dich also auch in der Bretagne?«, sagte sie mit tiefer, ungewöhnlich sanfter Stimme. Und wieder überkam ihn eine ungeheure Lust, sie an sich zu drücken. So heftig, dass er zitterte – und für einen Augenblick glaubte er wirklich, er würde es gleich tun. Aber er ließ es bleiben. Er ahmte bloß, so gut es ging, das Gebrüll eines Löwen nach, um sie zum Lachen zu bringen.

20

Am folgenden Tag, gegen halb eins, ging er wie verabredet zu den Monges. Als er im Hof parkte, sah er, dass ein paar Leute vor dem Weinkeller versammelt waren; drei oder vier Kerle mit roten Köpfen, darunter Philippe, der gleich auf ihn zukam. »Ich habe schon nach Ihnen Ausschau gehalten«, sagte er, während sie sich die Hände schüttelten. »Ich hatte Sorge, dass dein Vater vergisst, es dir auszurichten«, sagte Bélouard. »Nein, nein. Er hat daran gedacht«, erwiderte Philippe. Dann setzte sich Bélouard auf die Heckklappe des Kombis, um in seine Stiefel zu schlüpfen. Der Himmel war dunkelgrau; es war jedoch angenehm warm.

»Na, nicht allzu verkatert?«, fragte Bélouard.

»Nein, es geht, es ging sehr maßvoll zu … Am Samstag hingegen wird das vielleicht weniger der Fall sein!«

»Weißt du, deinem Pferdchen geht es überhaupt nicht gut. Du musst dich darum kümmern …«

»Ja, ich werde mich darum kümmern … Was hat es denn?«

»Ich vermute, eine Art Myositis …« Bélouard hatte sich wieder hingestellt und holte seine Tasche aus dem Kofferraum. »Eine Muskelentzündung … bestimmt wegen der Feuchtigkeit.«

»Ist es schlimm?«

»Das kann es werden, wenn man nichts unternimmt. Und vor allem, wenn es dort bleibt, wo es ist …«

»Ich habe es schon woanders untergebracht …«

»Ah! Hast du ein trockenes Plätzchen gefunden?«

»Ich zeige es Ihnen«, sagte Philippe.

Sie gingen allerdings nicht zum Gehöft, sondern Philippe führte ihn gleich in die entgegengesetzte Richtung nach links, an der Rückseite eines Heuschuppens entlang. »Hier ist es weniger matschig«, erklärte er. Nachdem sie den Schuppen passiert hatten, liefen sie an einem Traktor und mehreren Landwirtschaftsmaschinen vorbei, an einem Hühnerstall und Kaninchenställen, durchquerten einen Gemüsegarten und erreichten einen kleinen Weg. Den Bauernhof hatten sie bereits verlassen.

»Es ist nicht immer einfach mit meinem Vater«, sagte Philippe.

»Tja, ja, das habe ich gemerkt.«

»Er mag keine Pferde.«

»Dabei gab es doch früher auch welche hier. Das muss er noch gekannt haben, er muss sich daran erinnern …«

»Das waren nicht dieselben …«, wandte Philippe ein.

»Ach so …«

»Sehen Sie? Dort steht es.«

Das kleine isabellfarbene Pferd stand ganz allein in der hinteren Ecke der Weide, die Kruppe zur Hecke gedreht, und regte sich nicht. Bélouard und Philippe verließen den Weg, schlüpften durch den Stacheldrahtzaun und betraten die Wiese. Die Erde war wie ein Schwamm mit Wasser vollgesogen, sodass jeder Schritt ein schmatzendes Geräusch machte.

»Hier ist es noch ziemlich nass«, sagte Philippe, »aber dort in der Ecke, wo das Pferd steht, ist der Boden trockener … Das Gelände steigt an … Ich will ihm einen Unterstand bauen; zwei Kollegen von mir sind gekommen, um mir zur Hand zu gehen. Wir fangen heute Nachmittag damit an.«

»Es wäre besser, wenn es die Wiese nicht ganz für sich allein hätte«, sagte Bélouard. »Das ist zu viel Gras. Im Moment sollte es lieber nur Heu fressen. Du solltest um seinen Unterstand herum eine kleine Parzelle abtrennen, da, wo es am trockensten ist … Außerdem wäre es gut, wenn du einen Gefährten für ihn fändest. Pferde sind nicht gern allein; die Einsamkeit macht sie schwermütig. Es muss ja nicht unbedingt ein anderes Pferd sein, aber ein Esel zum Beispiel … Kennst du nicht irgendeinen einsamen Esel in der Gegend? Ich meine, von mir einmal abgesehen …«

Philippe grinste und schüttelte den Kopf.

»Nein, nicht dass ich wüsste … Sie vielleicht?«

»Ich auch nicht«, erwiderte Bélouard. »Aber selbst eine Kuh … lasst ihr eure Kühe nie auf der Wiese weiden? Das würde schon reichen als Gesellschaft …«

Philippe lachte los.

»Es ist zu komisch«, sagte er, »genau das hatte mein Vater vor … Als ich ihm gestern erzählt habe, dass ich Fifou hierhin bringen wollte, hat er sich geweigert, weil der Platz für die Kühe vorgesehen war. Daraufhin haben wir uns mächtig angeschnauzt. Am Ende hat er nachgegeben, aber …« Er verstummte.

»Na, dann ist die Sache ja klar!«, rief Bélouard. »Du brauchst ihm nur zu sagen, dass er sie nun doch auf die Weide lassen kann. Nur wäre es vielleicht besser, wenn du ihm nicht verrätst, dass es zum Wohl deines Pferdchens ist, dieser Trottel ändert sonst womöglich noch seine Meinung!«

»Das würde mich nicht wundern«, sagte Philippe.

Der Berber rollte unruhig mit den Augen, rührte sich aber nicht, während Bélouard ihm vorsichtig die Nieren abtastete.

»Hast du den Rücken gesehen? Wie geschwollen der ist?«

Bélouard ging an seine Tasche, öffnete sie und holte ein Thermometer heraus, das er Philippe reichte.

»Da, steck ihm das in den Hintern … Und halt vor allem den Schwanz gut fest!«

Dann untersuchte er die Beine und Hufe des Pferdes.

»Wie tief soll ich es denn hineinstecken?«, fragte Philippe.

»Bis zur Hälfte …« Bélouard richtete sich wieder auf. »Wie gut kanntest du eigentlich Geneviève Mangin?«

»Nicht sonderlich … Ich kannte vor allem Pierrot …«

»Ja«, sagte Bélouard. »Böse Sache, was?«

»Ja …«

»Und als du jünger warst?«

»Ob ich mit Geneviève was hatte?«

»Ja.«

»Nein. Auch nicht … Meine Freunde wohnten fast alle in der Gegend von Notre-Dame … jedenfalls fuhr ich nie nach Vigneux. Davon abgesehen, dass ihr Vater niemanden an sie heranließ …«

»Ja, das hat mir dein Vater auch schon erzählt. Er soll sie mit dem Gewehr gehütet haben.«

»Na, das nun vielleicht auch nicht … Er hat bestimmt

übertrieben, wie immer ... obwohl, einmal gab es wohl doch eine Auseinandersetzung mit den Nachbarn aus Les Nouées ...«

»Mit Sautereau?«

»Ja. Angeblich war der alte Sautereau bei Foulon aufgekreuzt, um sich zu beschweren, dass Geneviève seinen Sohn zur Unzucht anstiften wollte. Er soll sie als Hure beschimpft haben, worauf Foulon sein Gewehr geholt hat ...«

»Ach, dann lief das also andersherum?«

»Jedenfalls erzählt man sich das ...«

Bélouard befühlte erneut die Beine und Hufe des Pferdes. Dann wandte er sich zu Philippe um.

»Du kannst es wieder herausnehmen«, sagte er. »Zeig mal ... Nein, ist in Ordnung, kein Fieber ...«

Er ging wieder an seine Tasche und räumte das Thermometer weg.

»Dann hatte sie also was mit dem jungen Sautereau?«

»Das weiß man nicht so genau ...«

»Und hattest du mit ihm zu tun?«

»Nein ... ich sagte Ihnen doch bereits, alle meine Kumpels wohnten in der Gegend von Notre-Dame-des-Landes, mit Ausnahme von Pasquier. Wir zwei haben immer dort gesteckt ... Und wenn ich mich richtig erinnere, war der junge Sautereau zwei, drei Jahre älter als wir ... In dem Alter macht das was aus.«

»Hier, komm mal her, ich hab dir Aspirin mitgebracht. Du gibst ihm täglich zehn Gramm. In den Tütchen ist jeweils ein Gramm; fünf am Morgen, fünf am Abend ... Das schüttest du in eine Flasche, füllst sie mit Wasser auf, und dann gibst du sie ihm zu trinken. Halt ihm vor allem den Kopf so lange hoch, bis du sicher bist, dass es alles getrunken hat. Bis es geschluckt hat. Hier. Das reicht für drei Tage. Heute ist Donnerstag – du kannst ihm heute Nachmittag etwas geben, dann heute Abend … Freitag, Samstag … Mist! Vor dem Wochenende wirst du was nachkaufen müssen …«

»Kein Problem, das kann ich machen …«

»Wenn du am Samstag die Nacht durchzechst, ist es nicht weiter schlimm. Es kommt nicht so genau darauf an, wann das Pferd seine Medizin erhält, sondern darauf, dass es zehn Gramm pro Tag sind, und zwar in zwei Dosen, möglichst in ein paar Stunden Abstand. In Ordnung?«

»In Ordnung!«

Bélouard ging noch einmal zu dem kleinen Pferd, um es an der Stirn zu kraulen.

»Tschüss, mein Guter«, sagte er. »Papa wird sich jetzt um dich kümmern.«

Sie liefen den Weg zurück, nachdem sie erneut durch den Stacheldrahtzaun geschlüpft waren, und gingen zwischen den beiden Spurrillen hintereinander her. Die Landschaft war schön; unglaublich klar und still lag sie unter dem schieferfarbenen Himmel.

»Dein Vater hat mir gesagt, die Sautereaus hätten die Gegend schon vor zwanzig Jahren verlassen.«

»Ja. Na ja, es ist ein bisschen weniger lange her, glaube ich …«

»Wie viel weniger?«

»Oh … Ich würde sagen, es ist etwa fünfzehn Jahre her. Damals haben sie den Hof an das Departement verkauft.«

»Und weißt du, wohin sie gezogen sind?«

»Nein … das weiß ich nicht. Das müssten Sie meinen Vater fragen.«

Wieder auf dem Hof angekommen, bot Philippe Bélouard etwas zu trinken an.

»Ich nehme gern ein Glas Wasser«, sagte Bélouard. Sie liefen zum Weinkeller. Dort standen noch immer fünf oder sechs Freunde von Philippe, die sich um Monge geschart hatten und seinen Geschichten lauschten. Sie hatten alle ein Glas Wein in der Hand und glänzende Augen. Na, ich möchte nicht wissen, wie Fifous Unterstand aussehen wird …, dachte Bélouard, als er in die Runde grüßte. Er kannte sie fast alle. Der alte Monge schien ihm ein wenig zu grollen. Er machte einen erneuten Anlauf, um das Ende seiner Geschichte zu erzählen:

»Also, der Kerl geht auf den Hahn zu, der wie tot daliegt, und sagt sich: Mist, jetzt habe ich ihn umgebracht, nur wegen der Hühner. Der Typ, der ihn mir geliehen hat, wird mir die Hölle heißmachen! … Doch während er auf ihn zugeht, öffnet der Hahn plötzlich ein Auge, legt einen Flügel über den Schnabel, zeigt mit dem anderen Flügel auf die Krähen, die über ihm fliegen, und raunt dem Mann zu: Psst! Die da oben würde ich mir gern auch noch vornehmen!«

Philippe war zu dem kleinen Waschbecken an der einen Wand des Weinkellers hinübergegangen, füllte ein Glas mit Wasser und reichte es Bélouard, während die anderen Jungs sich in ihrem alkoholisierten Zustand vor Lachen kugelten. Eine Art leichtes Wanken ließ sich in der Gruppe ausmachen; die roten Wangen und die blassen Augen glänzten im Halbdunkel unter der nackten, schmutzigen Glühbirne, die von der Decke hing. Der alte Monge warf sich in die Brust, leerte sein Glas und schnalzte mit der Zunge. »Wir werden doch jetzt nicht auf dem Trockenen sitzen bleiben!«, sagte er. Als Bélouard gerade aus seinem Glas nippen wollte, merkte er, dass es nicht abgespült worden war.

»Sag mal«, fragte Philippe seinen Vater, der gerade eine weitere Flasche aufmachte, »was ist eigentlich aus Sautereau geworden?«

»Sautereau war ein Idiot«, sagte Monge. »Und ist es wahrscheinlich auch geblieben.«

»Ja, schon, aber wo?«, sagte Philippe.

»Nirgends … In einer Sozialbauwohnung … Am Ende ist er allen auf den Sack gegangen damit … Es würde nicht mehr diesen ganzen Matsch geben, und überall würde sauberer Linoleumboden sein, und es würde mich nur tausend Francs pro Monat kosten, mit Zentralheizung … Ach, zum Kuckuck noch mal! Er lag uns ständig in den Ohren damit! Für den halben Preis miete ich dir einen Kaninchenstall mit einer großen Häsin drin, hab ich ihm eines Tages gesagt. Da hast du genauso viel Platz, und im Winter hast du es schön warm!« Er schenkte die Gläser nach. »Zum Kuckuck noch mal!«, wiederholte er.

»Und wo war diese Sozialbauwohnung?«, fragte Philippe.

»Woher soll ich denn das wissen? … Irgendwo bei Saint-Nazaire oder so. Meinetwegen konnte der sich zum Teufel scheren! … Der war kein richtiger Bauer, ist es nie gewesen …«

Philippe sah zu Bélouard hinüber und machte ein bedauerndes Gesicht. Der antwortete mit einer beschwichtigenden Geste, dass dies ganz belanglos sei. Mittlerweile hatte einer der Jungs angefangen, ebenfalls eine lustige Geschichte zum Besten zu geben, doch die Wörter schienen ihm wie Leim im Mund zu kleben. Plötzlich hörte man einige dicke Tropfen auf das Dach und auf den Lehmboden im Hof prasseln, aber das war alles.

Bélouard roch nochmals an seinem Glas und fragte sich, ob er wirklich daraus trinken sollte.

Zwei Stunden später, um kurz vor fünf, war er wieder zurück in seiner Praxis. Es war so dunkel, dass er das Licht anschalten musste. Er stellte seine Tasche auf den Operationstisch und ließ sich in den Sessel fallen. Er hatte gerade ganz gut verdient mit der Impfung von zehn Pferden auf einem Reiterhof in der Nähe von Blain. Vermutlich irgendein Kerl, den sie während seines Wehrdienstes kennengelernt hat …, sagte er sich.

In Saint-Nazaire gab es nur einen Eintrag auf den Namen Sautereau.

Er blieb eine ganze Weile unentschlossen, verwirrt und auch etwas ratlos vor dem Telefonbuch sitzen, das auf seinem Schreibtisch aufgeschlagen lag, und haderte mit sich, ob er anrufen sollte. Was riskiere ich schon?, hatte er sich schließlich gesagt. Am anderen Ende erklang sogleich eine Frauenstimme. Es war eine junge, hohe und schüchterne Stimme, deren Alter schwer zu schätzen war, sodass er nicht wagte, sie mit Madame anzusprechen. Sehr höflich bat er, Monsieur Sautereau sprechen zu dürfen. Die Stimme erwiderte, ihr Mann sei nicht zu Hause und käme normalerweise erst gegen sechs heim, auch wenn es nicht sicher sei; bei seiner Arbeit könne man nie genau sagen, wann er nach Hause käme; es hinge vom Verkehr in der Stadt ab. Vor lauter Verlegenheit sprach sie sehr hastig, in einem fort und sprang eilig von einem Gedanken zum anderen. Fast als wolle sie sich entschuldigen. Bélouard kündigte an, er würde sich um diese Zeit herum noch mal melden und es ansonsten später erneut probieren, für den Fall, dass ihr Mann noch nicht heimgekehrt sei. Und die immer noch dünne, ängstliche und gewissenhafte Stimme pflichtete ihm bei, dass dies wohl das Beste sei. Menschenskind, fiel ihm ein, nachdem er aufgelegt hatte. Ist das nicht auch so eine Art Soldat, jemand, der Sicherheitstransporte begleitet? (Das hatte er von der Frau erfahren.) Er wartete eine Stunde, wobei er sich fragte, ob er nicht lieber Morin (den jungen Inspektor) benachrichtigen sollte, ließ es aber bleiben.

Er schwankte von einem Moment zum andern zwischen der vagen Vermutung, eine ernsthafte Spur entdeckt zu haben, und dem Gefühl, im Grunde vollkommen lächerlich zu sein. Wieder einmal.

21

Es war fast sieben Uhr dreißig – jetzt wäre er eigentlich mit Sautereau verabredet gewesen. Doch er hatte die Straße, die er suchte, noch immer nicht gefunden, und da er es aufgegeben hatte, sich mithilfe eines Stück Stadtplans zu orientieren, das er aus dem Telefonbuch gerissen hatte, fuhr er nun schon eine ganze Weile von einem Ende zum anderen durch das riesige Viertel namens Immaculée, ohne dass er unter dem tintenblauen, gewittrigen Abendhimmel etwas anderes als Autos gesehen hätte. Niemand war auf der Straße, den er hätte fragen können. Nun fuhr er schon zum dritten Mal um den Kreisverkehr. Geradeaus ging es nach Saint-Marc; wieder bog er nach rechts ab und fuhr eine Straße entlang, an der in mehr oder weniger regelmäßigen Abständen ein paar vereinzelte Gebäude standen, Häuser, die sich tief in ihren Garten zurückgezogen hatten. Hier war man schon fast auf dem Land. Himmel, was tue ich hier eigentlich?, murmelte er. Ich hätte bestimmt besser daran getan, Morin anzurufen und mir anzuhören, wie er sich über mich lustig macht … Davon abgesehen, dass ich immer noch nicht weiß, was ich dem Kerl eigentlich erzählen soll, wenn ich ihn überhaupt jemals finde … (Am Telefon hatte er sich ungeschickterweise als Freund von Vincent ausgegeben, der von dessen

Unschuld überzeugt ist.) Etwas weiter vorn auf der Straße erblickte er endlich eine Frau, die gerade aus dem Auto stieg, um ihre Toreinfahrt zu öffnen. Er parkte wenige Meter davor an dem abschüssigen Straßenrand und öffnete die Wagentür. Das Erste, was der Frau auffiel, war seine rote Krawatte, die noch ins Hemd gesteckt war. Ein Lächeln huschte über seine Lippen. »Ich bin Tierarzt ...«, lautete Bélouards etwas unsinnige Erklärung, wobei er seine Krawatte wieder hervorzupfte. »Ach so! ... Na, in dem Fall ...«, erwiderte die Frau mit einem offenen Lächeln. Er fragte sie nach dem Weg. Auf der anderen Seite des Zauns stand ein kleines mageres Mädchen, das laut schreiend versuchte, einen großen schwarzbraunen Hund zurückzurufen. »Heh! Maëva! Heh! ...«, rief die Frau ihr zu, wobei sie Daumen und Finger wie einen Entenschnabel auf- und zumachte, bevor sie die Toreinfahrt wieder schloss. Dann wandte sie sich mit gespielter Erschöpfung zu Bélouard um. »Hätten Sie als Tierarzt nicht zufällig ein Beruhigungsmittel da ... irgendetwas Starkes?« – »Für den Labrador oder für die Kleine?«, fragte Bélouard. »Ich dachte da eher an meine Tochter ...«, entgegnete die Frau. Von einer Route de Pornichet hatte sie noch nie gehört. »Ich muss dazu sagen, dass wir erst seit acht Jahren hier wohnen«, fügte sie lachend hinzu, wobei ihr schönes Gesicht Müdigkeit verriet. Sie zeigte ihm aber einen Weg, den sie und ihre kleine Familie an manchen Sonntagen nahmen, eben um nach Pornichet zu fahren. Möglicherweise war das tatsächlich die Route de Pornichet. Bélouard fand kein einziges Straßenschild, das dies bestätigte, entdeckte aber kurz darauf die Hausnummer 213, und in der Tat stand auf der Klappe des eingemauerten Briefkastens der Name Sautereau. Wenn er seit unserem Telefonat ein bisschen nachgedacht hat, sagte sich Bélouard, wird er begriffen haben, dass ich auf der Suche nach einem anderen Verdächtigen bin …

Es war ein vollkommen würfelförmiges Haus, ähnlich wie jene kommunalen Zweckbauten, die man vereinzelt in der Landschaft stehen sieht. Es war von einem winzigen Garten umgeben, der mit großer Sorgfalt gepflegt wurde. Über dem Briefkasten befand sich eine Klingel mit einer Gegensprechanlage; Bélouard läutete. Ich hätte doch Morin informieren sollen …, sagte er sich. Ein verzerrtes »Ja« tönte aus der kleinen Mauer. »Charles Bélouard«, sagte er, dem Briefkasten zugewandt, »wir haben uns vorhin am Telefon gesprochen …« Die Stimme gab wieder ein paar unverständliche, verrauschte Wörter von sich – es klang, als kämen sie nicht aus einer Entfernung von knapp fünfzehn Metern, sondern aus wer weiß welch ungeheuren Tiefen des Universums. Dann war ein Klicken an der Gittertür zu hören. Während Bélouard durch den Garten lief, erschien ein Mann im Hauseingang (… vor seiner Frau wird er es nicht wagen …, sagte er sich). Der Mann war eher breit als hoch, hatte einen rundlichen Kopf, kastanienbraunes Haar, das ihm manierlich in die Stirn fiel, eine gebogene Nase, einen kleinen Schnauzbart und graublaue Augen. Er war zwischen fünfunddreißig und vierzig Jahre alt. Bélouard fand, dass er verärgert wirkte. Sie durchquerten einen rosafarbenen Korridor, der stark nach Raumspray roch, und kamen in ein blitzblankes, adrettes Esszimmer. »Hier entlang …«, sagte der Mann und lief voraus. Er bot Bélouard einen Platz auf dem Sofa an. In dem nicht sehr großen Raum herrschten peinliche Ordnung und Sauberkeit, alles war sorgfältig arrangiert: Nippes, Deckchen, Furniermöbel, silbertürkisfarbene Tapeten und billige Wandleuchten im Landhausstil mit Glühbirnen in Kerzenform. Hier offenbarte sich das große, stetige, gewissenhafte und auch tragische Bemühen, gewisse Voraussetzungen für das Glück zu schaffen. Dass man, um all diese Dinge richtig zu benutzen und die fragile Basis des Glücks nicht zu zerstören, nach einem haarfein ausgeklügelten Plan vorgehen musste – dieser Gedanke war noch beklemmender als die Hässlichkeit der Dinge an sich. Der Mann bot Bélouard etwas zu trinken an. »Wasser …«, sagte Bélouard. Der Mann musterte ihn mit leerem Blick. »Ganz sicher? … Wollen Sie nicht lieber einen Saft … oder Sirup?« »Ach, doch … einen Saft«, sagte Bélouard. In der Zwischenzeit hatte ein kleiner Junge neugierig und stumm seinen Kopf durch die Tür gesteckt. Bélouard winkte ihm zu. Der kleine Junge blickte ihn mit großen scheuen Augen an, ohne einen Mucks von sich zu geben. Der Mann schüttete eine Tüte Cracker in ein Schälchen. Dann stellte er das Tablett vor Bélouard auf den Beistelltisch, richtete sich wieder auf, zeigte wortlos in den Flur und schnipste mit den Fingern. Das Kind verschwand, und der Mann schloss die Tür. Dahinter erklang kurz die hohe Stimme der Frau. Dann bediente der Mann weiter. Er reichte Bélouard einen Orangensaft, sich selbst schenkte er ein Glas Whisky ein und setzte sich in einen Sessel, aus dem er gleich wieder aufsprang, um seinem Gast die Schale Cracker zu reichen und sich selbst einen zu nehmen. Hab Erbarmen, lieber Gott …, dachte Bélouard. Les Sauvignères hatte er längst vergessen.

»Prost«, sagte der Mann und hob sein Glas.

»Prost …«, erwiderte Bélouard.

Es folgte eine lange Minute, in der sie sich anschwiegen – eine leere, zaudernde, scheinbar ewig dauernde Minute, durch die nur ein leichter Pinienduft wehte. Bélouard hatte den Eindruck, unendlich weit weg von allem zu sein und nicht einmal mehr genug Verstand zu haben, um irgendetwas sagen zu können.

»Sie kommen also auch aus der Gegend?«, sagte der Mann.

»Aus Vigneux«, antwortete Bélouard. »Ich bin Tierarzt … ich weiß nicht, ob ich Ihnen das schon gesagt habe.«

Der Mann schüttelte bloß den Kopf und nahm noch einen Schluck Whisky. Er sah Bélouard nicht an (dieser ihn auch nicht), sondern bewegte nur den Whisky im Mund hin und her, vielleicht auch bloß einen Rest Cracker, wobei er schmatzende Geräusche von sich gab. Nach einer Weile bemerkte er mit etwas ratloser Miene:

»Nach allem, was im Fernsehen gesagt wurde, sitzt Ihr Freund wohl ziemlich in der Tinte …«

»Ja …«, sagte Bélouard.

»Aber Sie glauben, dass er es nicht war?«

»Ich weiß nicht …«, antwortete Bélouard. »Ich versuche zu begreifen … Sagen wir, ich kann es mir schwer vorstellen …«

Himmel, was tue ich hier eigentlich?, fragte er sich. Um Zeit zu gewinnen, nippte er an seinem Orangensaft. Es kostete ihn unendliche Mühe, sich auf das zu konzentrieren, was er sagen wollte.

»Ja, ich kann es mir nur schwer vorstellen«, wiederholte er. »Darum versuche ich, Erkundungen einzuziehen, die … die …«

Er verstummte und musterte Sautereau, der auf das

Ende des Satzes wartete. Als der ihn anlächelte, errötete er.

»Ich versuche herauszufinden, ob es nicht noch andere mögliche Fährten gibt«, sagte er. »Darum wollte ich Sie sprechen …, weil sie in Les Sauvignères Nachbarn waren …«

»Es ist eine Ewigkeit her, dass wir fortgezogen sind«, wandte Sautereau ein.

»Ja, das haben mir die Monges auch schon gesagt …«

»Ach ja! Die Monges … Die hatte ich ganz vergessen … Das ist vielleicht fünfzehn Jahre her …«

»Sie haben in Les Nouées gelebt, stimmt's?«

»Ja … Und dann hat mein Vater das Haus verkauft.«

»Lebt Ihr Vater noch?«

»Ja, er lebt noch … Aber der Kontakt ist abgebrochen. Er wohnt in einem städtischen Altersheim. Für mich ist es genauso, als sei er tot.«

»Hhm …«, brummte Bélouard.

Allmählich ging es ihm besser; er hatte den roten Faden seiner Gedanken wiedergefunden. Zugleich hatte er jedoch das Gefühl, auf Eiern zu laufen (Ich kann ihn doch nicht fragen, was er vor anderthalb Wochen in der Nacht von Montag auf Dienstag gemacht hat, schoss es ihm durch den Kopf …), dabei wirkte Sautereau weder gereizt noch irgendwie beunruhigt.

»Kannten Sie Geneviève gut?«

Sautereau schüttelte den Kopf.

»Nein«, sagte er, »mein Vater hatte sich mit den Foulons überworfen. Davon abgesehen lag mein Vater mit allen im Streit …«

»Ja«, sagte Bélouard, »die Monges haben mir eine Geschichte mit Gewehrschüssen erzählt … angeblich nach einem Techtelmechtel zwischen Ihnen und Geneviève?«

Sautereau sah ihn mit weit aufgerissenen und leeren Augen an. Dann brach er in ein säuerliches, ein wenig gezwungenes, ungesund klingendes Lachen aus.

»Ach!«, sagte er. »Das erzählt man sich also?« Dann räusperte er sich mit demselben galligen Lachen. »Das erzählt man sich also …«

Für Bélouard fing die Sache genau da an. Nicht etwa, dass auf einmal alles klar vor ihm gestanden hätte – das sollte noch ein paar Sekunden dauern –, aber es deutete sich unverkennbar an. Anfangs war es bloß ein kaum merkliches Unbehagen, der Wunsch, alles ungeschehen zu machen – das unglaublich flüchtige und schwer greifbare Gefühl, auf etwas ausgerutscht und vom geraden, guten Weg abgekommen zu sein. Sautereau lächelte noch immer süßsauer vor sich hin und schüttelte den Kopf.

»Nein«, sagte er. »Nicht *ich* hatte ein Techtelmechtel mit Geneviève, wie Sie sagen. Nicht *ich* …«

Und dann war der Moment gekommen. Es war kein eigentliches Begreifen, sondern nur etwas, das ihm jäh durch den Kopf schoss, noch vage, noch dunkel, ganz so, als habe er es rein intuitiv erfasst. Nein, sagte er sich, nicht das. Bitte nicht das.

»… sondern eine andere Frau«, erklärte Sautereau.

Bitte nicht das …, wiederholte Bélouard innerlich.

»So eine Lesbengeschichte …«

Allmählich hörte er die tiefe monotone Stimme wieder. Er konnte nicht sagen, wann er aufgehört hatte, sie zu hören, ob es lange her war oder nicht.

»… er hatte sie an einem Sonntagmorgen kennengelernt … Was ist mit Ihnen, ist Ihnen nicht gut?«

»Doch … Doch … alles in Ordnung …«

»Vielleicht interessiert es Sie nicht, was ich Ihnen erzähle?«

»Doch … Doch, doch …«

»Soll ich fortfahren?«

Er nickte.

»Er hatte sie also an einem Sonntagmorgen auf dem Markt von Basse-Indre kennengelernt …«

»Wen? …«, fragte Bélouard mit aschfahler Miene und matter Stimme.

Der Mann starrte ihn verwundert an.

»Na, die Floristin … Die Floristin, von der ich Ihnen die ganze Zeit erzähle, Frau Tessier, die Mutter von Claire …«

Bélouard nickte erneut.

»Schließlich war es meinem Vater gelungen, sie um den Finger zu wickeln, und so kamen die beiden regelmäßig am Sonntagnachmittag in Les Nouées zu Besuch. Mit der Zeit blieben sie immer länger … Sie hätten mal meinen Vater sehen müssen! Das waren die einzigen Tage, an denen er so tat, als würde er arbeiten!« Sautereau lachte verbittert auf, nahm wieder einen Schluck Whisky, den er geräuschvoll im Mund bewegte, und starrte in sein Glas. »Währenddessen musste ich mich um Claire kümmern«, fuhr er fort. »›Denk daran, sie könnte deine Schwester werden‹, trichterte mir mein Vater ein; ständig wollte er, dass ich sie zum Pilzesammeln mitnahm, ihr dieses oder jenes zeigte, mit ihr spazieren ging oder was weiß ich noch alles. Sie dürfe sich keinesfalls langweilen, sagte er … Ihr war das ziemlich egal, ich glaube sogar, es wäre ihr lieber gewesen, wenn man sie in Ruhe gelassen hätte … Sie war ein merkwürdiges Mädchen … Jedenfalls begriff ich nicht so recht, was in ihrem Kopf vorging, aber noch mehr Angst hatte ich vor dem, was ich mir einhandeln würde, wenn sie eines Abends gesagt hätte, ihr sei ein bisschen langweilig gewesen. Also versuchte ich mir auszudenken, was wir unternehmen konnten. Und eines Tages begegneten wir der Tochter von den Foulons, Geneviève; die beiden freundeten sich sofort an. Sogar sehr eng … Von dem Moment an richteten die beiden es so ein, dass sie jedes Mal, wenn Madame Tessier für ein, zwei Tage nach Les Nouées kam, die ganze Zeit zusammen verbrachten. Mir war es recht … Ich musste sie immer ein Stück begleiten, wegen meines Vaters, aber sobald wir uns genügend vom Bauernhof entfernt hatten, wollten sie alleine bleiben, und ich brauchte mich nicht mehr um sie zu kümmern … Das hätten Sie sehen sollen! Händchenhalten hier, Küsschen da, und: Du bist mein kleiner Soldat, meine Zuckerstange, mein Eiland…« (Sautereau stieß erneut ein knappes, galliges Lachen aus und schüttelte dabei den Kopf.) »Ungelogen! … Dieses ganze Lesbenzeugs halt … Ich war damals noch ziemlich blauäugig und dachte, so seien Mädchen halt untereinander … Bis zu dem Tag, wo mein Vater die beiden erwischte, wie sie sich im Schlafzimmer befummelten … Ich brauche Ihnen wohl nicht zu sagen, was es da für eine Aufregung gegeben hat … Es ist auch nicht ganz ausgeschlossen, dass er zu dem Zeitpunkt schon ein wenig eifersüchtig war … Jedenfalls ist er am selben Tag nach Les Sauvignères gefahren, um Foulon die Meinung zu geigen – er sagte, Geneviève sei schuld, und sie sei eine kleine dreckige Hure –, worauf Foulon ihn mit dem Gewehr vom Hof jagte … Aber nach allem, was Sie mir da erzählt haben, hat man es dann wohl vorgezogen, mir die Sache in die Schuhe zu schieben … Na ja, zugegeben: Das macht die Angelegenheit weniger unappetitlich …«

Bélouard saß wie versteinert da, mit bleichem Gesicht, den Blick starr auf sein Gegenüber gerichtet, und schwieg. Er schien nicht einmal mehr zuzuhören, sondern nur auf jene imaginäre Leinwand zu starren, über die, wie in einem Film, Sautereaus Worte flimmerten. Tonlos, und ohne die Stimme zu heben, fragte er:

»Und ihre Treffen haben aufgehört …«

»Ach was, keineswegs! Mein Vater und Madame Tessier haben aufgehört, sich zu treffen. Wegen einer ganz anderen Geschichte im Übrigen … Bei meinem Vater war ja abzusehen, dass es nicht lange gut gehen konnte. Er war einfach ein zu mieser Kerl … Eines Tages ist die Beziehung gescheitert, kurz nachdem Madame Tessier meinen Vater beschuldigt hatte, Claire gegenüber zudringlich geworden zu sein. Ich habe nie herausgefunden, ob das stimmte oder nicht, aber so wie ich ihn kenne, würde mich das auch nicht wundern… ich halte es sogar für durchaus möglich … die andern beiden jedenfalls, nein. Die haben sich weiter regelmäßig getroffen. Das weiß ich, weil ich bei einem Spaziergang in dem kleinen Waldstück zwischen Les Nouées und Les Sauvignères einmal ein motorisiertes Fahrrad gesehen habe, das an die Mauer einer alten Hütte gelehnt war – ich glaube, das war die Hütte, von der es im Fernsehen hieß, dort habe man Geneviève gefunden. Und ich wusste, dass es Claires Fahrrad war. Damals trafen sie sich dort …« Er nahm einen weiteren Schluck Whisky, den Blick in sein Glas getaucht, und lachte wieder sein kleines, dreckiges Lachen, das selbstgefällig und entrüstet zugleich klang. »Eines Tages habe ich mich rangeschlichen und einen Blick durchs Fenster geworfen …«

Er nickte langsam und warf Bélouard einen verschwörerischen Blick zu. Der war jedoch noch immer wie erstarrt, totenblass, wie von einem andern Planeten.

»… splitternackt lagen sie da und leckten sich die Muschi«, sagte er.

22

Tiefschwarz war die Nacht hereingebrochen, als er den Wagen vor seinem Haus abstellte. Er drehte den Zündschlüssel und schaltete die Scheinwerfer aus; dann rührte er sich nicht mehr. Das große Wohnzimmerfenster war hell erleuchtet; er blieb einige Sekunden mit den Händen am Lenkrad sitzen und starrte auf das gelbe Rechteck. Er wäre nicht imstande gewesen zu sagen, was ihm in dem Moment durch den Kopf ging, genauso wenig wie er hätte sagen können, was er auf der Rückfahrt von Saint-Nazaire bis hierher gedacht hatte. Alles fühlte sich absurd und irreal an, wie eine Welt mit mehreren Wirklichkeitsebenen, die alle gleichermaßen unbegreiflich waren und an deren Schwelle immer dieselben Zwangsgedanken aufflackerten, wie Neonröhren. Das war keine Angst und eigentlich auch keine Besorgnis; nur tiefe Bestürzung, eine Art Koma, ein ungläubiges, ohnmächtiges Wachkoma, das vielleicht nicht einmal schmerzhaft war. »Tja … nun habe ich ihn ja doch noch… meinen Komodo-Drachen …«, flüsterte er in der irrwitzigen Einsamkeit seines Autos, den Blick weiter auf das erleuchtete Fenster gerichtet. Wie gewohnt langte er nach seiner Tasche und hievte sich schwerfällig aus dem Sitz hoch.

Der knirschende Kies weckte in ihm eine plötzliche

Existenzangst, ein Gefühl der Verlassenheit, den Eindruck, grund- und ziellos in einer völlig sinnentleerten Welt zu leben. Er schloss die Tür auf.

Er verspürte keine konkrete Angst. Er dachte nicht an Gefahr noch an Bedrohung; so etwas kam ihm nicht einmal in den Sinn. Er legte sein Schlüsselbund auf die Kommode im Flur und ging in das große, hell erleuchtete – leere – Wohnzimmer, wo er sich auf das Sofa fallen ließ. Fast im selben Augenblick hörte er, wie im Flur die Tür von Claires Zimmer aufging. Er hatte über nichts nachgedacht. Er hatte sich weder etwas zurechtgelegt noch irgendetwas geplant; dieser Schreckgedanke schoss ihm für einen Sekundenbruchteil durch den Kopf und verschwand dann wieder. Als sie den Raum betrat, hob er nur kurz den Blick.

»Ich habe mit dem Essen auf Sie gewartet«, sagte sie freundlich, fast sanft und mit dunkler Stimme.

Er sah sie an – das ausdruckslose Gesicht, die bleichen Lippen, die müden Augen, aus denen das Leuchten eines angedeuteten Lächelns bereits wieder verschwunden war, die langen schwarzen Haare, flüchtig zu einem Dutt hochgesteckt, aus dem einzelne schwarze Strähnen herabfielen, die Gestalt, das rote Kleid, der dünne Stoff, der sich betörend über den Bauch, die schweren, vollen Brüste spannte, unwiderstehlich dargeboten, von alters her die Quelle von Sanftmut, Begehren, Zärtlichkeit und Trost – da traf ihn der Schmerz. Seine Augen füllten sich mit Tränen. Er ließ den Kopf wieder sinken.

»Stimmt etwas nicht?«, fragte sie.

Er schüttelte den Kopf. Nur eine winzige Bewegung, die seine Wangen zum Beben brachte.

So vergingen ein paar Sekunden: Sie neben dem Sofa, ausdruckslos und zögernd; er, unfähig, auch nur die kleinste Bewegung zu machen, das kleinste Wort zu sprechen oder sie auch nur anzusehen, bloß den Samtstoff des Sofas rechts und links seiner Oberschenkel knetend. Wortlos und ohne Eile ging sie in die Küche.

Der Tisch war bereits gedeckt, als er ihr in die Küche folgte. Gulaschgeruch erfüllte den Raum; das weit geöffnete Fenster gab den Blick frei auf die laue, dunkle Sommernacht. Claire stand vor dem Gasherd. Bélouard kam gerade durch die Tür. Mit einem Geschirrtuch nahm sie den Topf vom Herd, in dem sie das Essen aufgewärmt hatte, und stellte ihn auf den Tisch: »Es ist fertig …«, murmelte sie, und er setzte sich gefügig an den Tisch. Sie bediente erst ihn, tat sich dann selbst auf und begann zu essen, schweigsam und distanziert – oder sagen wir, sie spießte teilnahmslos ein Stück Kartoffel auf ihre Gabel und führte sie an den Mund. Bélouard hatte sich nicht gerührt. Verstört betrachtete er seinen Teller, die Hände auf den Knien. Dann hob er den Kopf, und sie musterten sich einen Augenblick. Sie hörte auf zu kauen. Scheinbar ausdruckslos, vielleicht auch gleichgültig starrte sie Bélouard in die feuchten, wässrigen Augen. Sein Blick ging ins Leere.

»Ich habe mich mit Denis Sautereau getroffen …«, sagte er schließlich leise.

Sie gab keinen Laut von sich, zeigte überhaupt keine Reaktion. Nach einer Weile hörte sie lediglich auf, ihn anzustarren, legte dann mit einer überraschenden Langsamkeit die Gabel auf den Tisch und blieb völlig regungslos sitzen. Tiefes Schweigen breitete sich aus, wie dichter endloser Nebel. Bélouard fing an zu zittern. Es war noch immer keine Angst, eher eine starke nervöse Anspannung (bis zuletzt wollte etwas in ihm noch glauben, hoffen), weniger ein Zittern denn eine Starre, bei der nur seine Wangen kaum merklich bebten. Schließlich fragte sie mit teilnahmsloser, fast kalter Stimme:

»Haben Sie es der Polizei gesagt?«

Etwas brach in Bélouard zusammen. Er schüttelte den Kopf. Sie wandte den Blick von ihm ab.

Wieder herrschte Schweigen.

Was soll ich tun, fragte sich Bélouard wie am Rande eines Abgrunds. Er hätte gern etwas gesagt, fand aber keine Worte. Während er regungslos und unentschlossen dasaß, schossen ihm ununterbrochen zahllose, grausame Gedanken und Bilder durch den Kopf, die er nicht miteinander verknüpfen konnte. (Die Mädchen ... Vincent ... Warum?), die Wörter verdorrten, noch bevor sie seine Lippen erreichten. Es war keine Feigheit mehr, sondern nur die Unfähigkeit, vom Verstand wie vom Gefühl her, diese Frau mit so entsetzlichen und barbarischen Taten in Verbindung zu bringen. Taten, die gewiss völlig real, aber schon auf die andere Seite hinübergewechselt waren, in jenes abstrakte Universum, wo sich die Rauchschwaden der Zeit verflüchtigten. Unfähig, den letzten Schritt zu machen, mit fragendem, verzweifelten Blick, als wolle er eine unmögliche Erklärung erflehen, als sei noch nicht alles aus und vorbei, als gäbe es noch eine Lösung, einen anderen, bisher übersehenen Fluchtweg, den man jetzt im Nachhinein beschreiten könne, ein letztes Missverständnis. Irgendetwas in der Art. Er starrte sie weiter an. Sie begann zu reden, den Blick ins Leere gerichtet.

»Alles ...«, sagte sie (und ihre Stimme klang ruhig, ein

wenig schleppend, wie aus weiter Ferne, als seien ihre Worte an niemand Bestimmtes gerichtet – als hätte sie bloß das Bedürfnis, mal wieder ihre eigene Stimme zu hören, um sie aus dem dunklen Kerker ihrer Gedanken zu befreien und die Wahrheit in einer Welt widerhallen zu lassen, in der Bélouards Ohren zweifellos von geringer Bedeutung waren. Bis zu dem Moment, wo sie ihn anschaute und er begriff, dass sie sich offenbar doch an ihn wandte). »Nicht nur ein Bein«, sagte sie, »wie Ahab, sondern alles ... sie hat mir alles genommen ... alles, was ich ihr für immer gegeben hatte ... alles, was ihr schon gehörte ... Sie hat es mir mit Lügen genommen ...«

Dann verstummte sie. Ihre Lippen bewegten sich zwar noch, aber es war nur ein Hauchen, das sich zu keinem Wort mehr formte. Bélouard sah sie aufmerksam und ruhig an. Noch immer lag ein nutzloses Flehen in seinem Blick. Sie hatte ihre Augen wieder von ihm abgewandt. Da bemerkte er, dass sich ihre Miene wieder versteinerte, als würde auf einmal ein furchterregendes, böses, irres Wesen von ihr Besitz ergreifen und ihre Gesichtszüge verzerren, das war alles.

Er brauchte ein paar Sekunden, bis er merkte, dass sie den Raum abrupt verlassen hatte.

Später fand er sich in der stummen Dunkelheit seines Schlafzimmers wieder, wo er vollständig angezogen und mit gespitzten Ohren auf dem Bett lag – er hatte sich nicht einmal die Mühe gemacht, das Jackett auszuziehen –, und horchte endlos in die ungeheure Stille des Hauses. Er hatte seine Tür nur angelehnt, um Claires Bewegungen mitzubekommen; ein grauer Lichtstrahl fiel durchs Zimmer und legte sich über die Ecke seines Nachttisches. Er hatte keine Angst. Claire war in ihr Zimmer eingeschlossen, dachte er, und er fragte sich, was sie nun vorhatte, ob sie fortgehen würde oder … er wusste es nicht. Er wusste es einfach nicht. Schlaflos starrte er mit weit geöffneten Augen ins Dunkel. Der Gedanke an Schlaf war weit weg, zuweilen gab er sich einfach nur dem kaum spürbaren Verstreichen der Zeit hin. Er wirkte beinahe friedlich, fast zuversichtlich, als würde die Nacht lang genug sein – als bliebe ihm inmitten dieser unerhörten Dauer genug Zeit –, um am Ende jene Stunde zu erleben, in der alles bedeutungslos würde … Aber diese Momente der Selbstvergessenheit waren nur von kurzer Dauer, und schließlich kehrte die Angst zurück; Schrecken, Leid, Qual. Was soll ich nur tun?, fragte er sich. Und wieder war da dieser ununterbrochene Strom zerfließender Gedanken und abstoßender Bilder; er wurde von Ungewissheit, Zweifeln und innerer Zerrissenheit geplagt, ein Gefühl der Panik überkam ihn. Was mache ich jetzt?, wiederholte er. Was soll ich nur tun? Er spürte eine ungeheure Beklemmung in der Brust, als würde ihn etwas erdrücken. Sein Atem ging schwer, als verwandelte sich die Finsternis in zähflüssigen Teer, der in seinen Lungen erstarrte. Nach einer Weile ging der Anfall vorüber, und er lag wieder bestürzt auf dem Bett und lauschte der Stille. Die Nacht glitt allmählich fort, nutzlos, absurd und langsam, bloß gestört von einigen Regenschauern und einem kurz aufheulenden Sturm. Dann herrschte wieder Stille.

Er hatte nichts gehört. Er hatte keine Ahnung, wie spät es war, und wäre auch nicht imstande gewesen zu sagen, wie viel Zeit noch blieb bis zum Morgengrauen. Aber er hatte nichts gehört. Seine Aufmerksamkeit wurde lediglich von dem grauen Lichtspalt angezogen, der von der Tür kam und sich nun langsam ausbreitete, bis er den gesamten Nachttisch, die Bettkante, das Kopfkissen und schließlich sein Gesicht erhellte … Er rührte sich nicht, sondern starrte ohne irgendeinen Gedanken auf diesen trüben Lichtstreifen, der sich langsam ausdehnte. Sein Geist war in diesem Augenblick derart leer, so gebannt von dem Anblick der sich lautlos öffnenden Tür, dass es Bélouard nicht einmal in den Sinn kam, Angst zu empfinden. Schließlich erblickte er ihre Gestalt; er sah, wie sich ihre Umrisse im Türrahmen abzeichneten. »Ich schlafe nicht …«, sagte er kleinlaut, als wollte er sich entschuldigen. Sie blieb eine Sekunde reglos stehen und murmelte etwas, aber er verstand nicht was. Entweder, dass sie auch nicht schlafen könne; oder dass es *ratsam* sei, nicht zu schlafen … Dann war sie wieder fort. Die Tür stand weit offen.

23

Er wachte nicht auf; er brauchte nicht einmal die Augen zu öffnen. Er hatte zugesehen, wie das Licht des anbrechenden Tages allmählich durch die Spalten der Fensterläden gesickert und das Grau-in-Grau im Zimmer langsam fahler geworden war. Dann hatte er beschlossen, dass es Zeit sei aufzustehen. Schwerfällig rollte er sich zur Seite, setzte sich auf und starrte vor sich hin. Er blieb einen Moment so sitzen und versuchte zu sich zu kommen, bevor er sich auf die Füße stellte. Er hatte nicht einmal das bisschen Schlaf bekommen, das genügt hätte, um wenigstens für eine Sekunde glauben zu können, dies alles sei nur ein böser Traum.

Er machte keinen Schlenker ins Badezimmer. Er bereitete sich keinen Kaffee, sondern ging direkt in den Flur, ganz benommen vor Müdigkeit, mit einem im Rücken verknitterten Jackett, zerzaustem Haar und leerem Blick. (… immer noch da, sagte er sich, als er an Claires Schlafzimmer vorbeikam, sie ist bestimmt noch da, schließlich habe ich nichts gehört …); er fühlte sich wie in Watte gepackt, als er den großen Raum durchquerte, in dem noch die Küchengerüche vom Vorabend hingen. Er schnappte sich seine Tasche, die im Eingang stand, und brach auf, so wie er war.

Schwere violette Wolken glitten träge über den Himmel, aber man spürte keinen Wind mehr. Es war noch ziemlich dunkel.

Vier oder fünf Stunden verbrachte er in seiner Praxis in einem merkwürdigen Dämmerzustand und versuchte, das Für und Wider abzuwägen. Doch die Argumente waren allesamt nicht stichhaltig, hatten kein Gewicht und erschienen ihm leichter als Seifenblasen – und dann auf einmal wieder viel zu schwer. Inzwischen hatte er sich Kaffee gekocht und trank eine Tasse nach der anderen. Großer Gott, Vincent …, sagte er sich, man kann doch nicht zulassen, … ich … was soll ich nur tun? … Gegen zehn brachte man ihm fast gleichzeitig zwei Hunde zur Behandlung: eine Promenadenmischung, die vom Rheumatismus ganz steife Gelenke hatte, und eine deutsche Bracke, die offenbar von einer Viper gebissen worden war. Die eine Lefze des Hundes war schon ganz angeschwollen; sorgfältig desinfizierte Bélouard die Stelle, aus der noch immer dicht nebeneinander zwei kleine hellrote Blutstropfen hervorquollen. Nach seiner Einschätzung war es nicht nötig, ihm ein Serum zu spritzen: Der Hund war noch jung und bei guter Gesundheit, er konnte also einiges wegstecken. »Das Gefährlichste in solchen Fällen sind die Infektionen«, erklärte er. Der Besitzer der Bracke nickte und streichelte dem winselnden Hund über den Kopf. Nachdem sie gegangen waren, verließ Bélouard eilig die Praxis. Er hatte während der Behandlung nachgedacht.

Er stieg in sein Auto und durchquerte den Ort. Mittlerweile waren weite Teile des Himmels aufgerissen, und die Sonne schien gleißend durch die dunklen Wolken.

Zu Hause angekommen, lief er schnurstracks zu Claires

Zimmer. Als er durch das Wohnzimmer ging, fiel ihm zunächst nichts Besonderes auf. Die Tür zu dem kleinen Schlafzimmer war nur angelehnt; er klopfte an. »Ich muss mit Ihnen reden«, rief er atemlos. »Wir müssen uns unterhalten … Wir können nicht … Sind Sie da?« Er klopfte erneut, bekam aber keine Antwort; also öffnete er vorsichtig die Tür. Es war niemand mehr da. Das Zimmer war leer.

Als er wieder am Wohnzimmer vorbeilief, um in die Küche zu gehen, bemerkte er, dass alles, was zuvor auf dem Tisch gelegen hatte, auf den Boden geworfen war, und in der Mitte des Tisches, gut sichtbar, stand eine Tüte, eine Plastiktüte aus dem Supermarkt; Bélouard trat näher und warf einen Blick hinein. Es waren Briefe. Dutzende von Briefen. Er stand eine ganze Weile da und starrte in die Plastiktüte, die er mit beiden Händen geöffnet hielt. Fort …, sagte er sich. Sie ist fort … Dann griff er mehrmals in die Tüte und las, was auf den Umschlägen stand. Einige davon waren an Claire gerichtet, andere an Geneviève Mangin. Ihre Briefe … Mein Gott, sie hat mir ihre Briefe hinterlassen … Wie konnte sie die bloß hierherbringen? Er öffnete keinen der Briefe, stattdessen warf er einen Blick in die Küche. Es stand noch alles genauso da wie am Vortag – das Fenster war geöffnet, der Tisch gedeckt, auf den Tellern lag noch das Gulasch, die Soße auf dem Fleisch und den Kartoffeln war angetrocknet, selbst die Deckenleuchte brannte noch. Er schaltete das Licht aus. Als er ins Wohnzimmer zurückkehrte, blickte er nochmals auf die Tüte mit den Briefen. Jene, die ihr Geneviève geschrieben hatte (dachte er), und vermutlich auch jene, die sie in Les Sauvignères an sich genommen hatte … an jenem Abend. Bilder von Gewalt und Tod schossen ihm durch den Kopf.

»Großer Gott, Brunel!«, rief er plötzlich. Er lief zum Telefonbuch, griff nach dem Apparat und wählte hastig dessen Nummer.

Er ließ es lange klingeln, bevor er sich dazu entschloss, doch wieder aufzulegen.

Eine knappe Viertelstunde später fuhr er mit Vollgas nach Les Aublades. Er hatte Angst; plötzlich fing er an, sich um Brunel Sorgen zu machen, während er sich bis dahin keinerlei Gedanken um sich selbst gemacht hatte; vornübergebeugt klammerte er sich ans Lenkrad. Der Kombi wirbelte dicke Staubwolken auf, die noch eine Weile über der Straße hingen, und im Hof bremste er so abrupt, dass die Räder blockierten. Doch Brunel saß wieder in der Küche (er hatte nicht einmal aufgeschaut, als Bélouard eintrat), hatte den Kopf auf die verschränkten Arme auf dem Tisch gelegt und weinte. Er war am Leben. Erschöpft ließ sich Bélouard auf einen Stuhl sinken. So saßen sie da – der eine in seine Arme schluchzend, der andere erleichtert über diesen Anblick – und wechselten kein Wort. Schließlich, zwischen zwei Schluchzern, murmelte Brunel ein paar undeutliche Worte.

»Wie?«, fragte Bélouard mit tonloser Stimme.

Brunel hob den Kopf. Er hatte rote Augen und glänzende Wangen, seine Gesichtszüge waren verzerrt.

»Sie hat die Pille genommen …«, sagte er, noch immer ungläubig, fassungslos, schmerzerfüllt. »Mir gegenüber hatte sie immer behauptet, sie könne keine Kinder bekommen … sie sei zum Arzt gegangen, aber das stimmte nicht … Sie hat die Pille genommen …«

Er fing wieder an zu schluchzen.

»Hat sie Ihnen das selbst gesagt?«

Er entrang sich ein ersticktes Ja.

»Heute Morgen?«

Brunel nickte.

»Wo ist sie?«

»Fort ...«

Er verstummte. Eine Wolke schob sich langsam vor die Sonne; der Raum verdunkelte sich, wurde wieder hell.

»Hat sie Ihnen auch erzählt, dass ...«

»Ja«, hauchte Brunel.

»... von Les Sauvignères?«

Brunel nickte. Mehrere Minuten vergingen. Schließlich stand Bélouard auf und blickte sich um.

»Wo ist das Telefon?«

Brunel deutete in Richtung Flur.

Etwa eine halbe Stunde mussten sie warten. »Sie hat mich nie geliebt ... Das hat sie gesagt. Sie hat mich nie geliebt ...«, klagte Brunel. Obwohl Bélouard im Zentralkommissariat von Nantes angerufen hatte, waren die Gendarmen zuerst da. Man hatte sie offenbar unverzüglich losgeschickt. (Bélouard wusste schon nicht mehr, wem er was am Telefon gesagt hatte. Jedenfalls war nicht Morin am Apparat gewesen.) Vor den Gendarmen verhaspelte er sich ständig. Kaum zehn Minuten später hörte er, wie ein weiteres Fahrzeug im Hof hielt. Diesmal waren es der junge Inspektor und sein Kollege; beide kamen eilig in die Küche gelaufen.

»Was ist passiert?«, fragte Morin, wobei sein Blick zu den vier Gendarmen, zu Brunel, der noch immer halb über den Tisch gebeugt war, und schließlich zu Bélouard schweifte.

Der wiederholte, so gut es ging, was er teilweise schon den Gendarmen gesagt hatte. Es gab nicht viel zu erklären, aber sein Bericht war konfus, stockend, an einigen

Stellen nahezu unverständlich. Er erwähnte Sautereau, die Briefe …

»Wo sind diese Briefe?«, fragte ihn Morin.

»Bei mir zu Hause …«, antwortete Bélouard nach kurzer Denkpause. Er war derart verstört, dass er bei der kleinsten Frage, die man ihm stellte, mehrere Sekunden benötigte, bis sein Hirn sie entziffert, übersetzt und erfasst hatte.

In der Zwischenzeit versuchten die Gendarmen von dem tief verzweifelten Brunel das Kennzeichen ihres Autos zu erfahren.

»Haben Sie eine Ahnung, wohin sie gefahren sein könnte?«, fragte Morin.

»Nein …«, antwortete Bélouard. »Vielleicht ans Meer …«

Morin sah ihn überrascht an.

»Ans Meer?«

»Ja … möglicherweise …«

»Warum ans Meer?«

»Ich weiß nicht … Wir haben dort ein Picknick gemacht …«

Morin musterte ihn mit skeptischem, ungläubigem Blick.

»Ja …«, sagte er und warf seinem Kollegen einen kurzen Blick zu. Dann wandte er sich zu den Gendarmen um (oder genauer zu dem Gendarmen – denn mittlerweile stand nur noch einer in der Küche): »Kümmern Sie sich um das Kennzeichen?«

»Ist schon erledigt«, erwiderte der uniformierte Mann. »Wir haben schon eine Meldung rausgegeben.«

»Es wäre vielleicht nicht schlecht, wenn Sie sich ein wenig in der Nähe aufhielten, nur für den Fall, dass …«, fügte Morin hinzu. Schließlich drehte er sich zu Bélouard um (mit einem kaum angedeuteten, vorsichtigen, traurigen

Lächeln): »So, und wir beide fahren jetzt los und holen die Briefe, ja?«

Die beiden Autos fuhren hintereinander her und kamen gleichzeitig am Haus an. Kaum war Bélouard aus seinem Kombi gestiegen, stand Morin wieder neben ihm.

»Ich wollte vorhin nicht so darauf herumreiten, aber was war das für eine Geschichte mit Sautereau in Saint-Nazaire … Was ist da genau abgelaufen?«

Bélouard antwortete nicht gleich. Sie betraten alle drei das Haus und liefen ins Wohnzimmer, wo Bélouard ihnen die Tüte mit den Briefen auf dem Tisch zeigte. Der andere Inspektor holte Handschuhe aus seiner Tasche, schlüpfte hinein und fing an, in der Tüte zu wühlen. Morin trat näher. Sie lasen eine Passage aus einem Brief, dann aus einem anderen, machten die Tüte wieder zu und steckten sie in eine andere Tüte.

Morin drehte sich um.

»Wo war ihr Zimmer?«, fragte er.

Bélouard sagte es ihm.

»Wirfst du mal einen Blick hinein?«, bat Morin seinen Kollegen (den, der die Geschichte von der Hausmeisterin erzählt hatte).

Bélouard setzte sich aufs Sofa.

»Also?«, sagte Morin. »Wann haben Sie diesen Sautereau getroffen?«

»Gestern Abend …«

»Gestern Abend?« Bélouard nickte. »Sagen Sie mir nicht, dass Sie es seit gestern Abend wissen und uns erst jetzt benachrichtigt haben.«

Bélouard hob den Kopf, er machte ein betretenes Gesicht. Seine blassen Wangen, auf denen Bartstoppel zu sprießen begannen, waren mit roten Flecken übersät; seine wasserblauen Augen waren völlig ausdruckslos.

»Und haben Sie ihr gesagt, dass Sie es wussten?«

»Ja …«

»Scheiße! Bélouard! Scheiße!«, brüllte Morin. »Sind Sie sich eigentlich im Klaren, was Sie da gemacht haben? Haben Sie auch nur eine Sekunde nachgedacht, mit wem Sie es zu tun hatten?« Er tippte sich mit dem Finger gegen die Stirn. »Ist Ihnen nicht in den Sinn gekommen, dass sie Sie hätte abmurksen können? Dass sie heute Morgen ihren Ehemann hätte abmurksen können, dass sie um diese Zeit vielleicht im Begriff ist, jemand Drittes abzumurksen? Ist Ihnen das nicht in den Sinn gekommen?«

»Ich bin erst vorhin darauf gekommen …«

»Sie sind erst vorhin darauf gekommen …«

»Ich glaube nicht, dass sie vorhat, weitere Leute umzubringen …«

»Aha! Sie glauben das nicht … na, wenn das so ist … Sie sind ja Fachmann, nehme ich an …«

»Sie hat keinen Grund, es zu tun …«

»Und die Kinder der Mangins? Hatte sie Gründe, sie im Schlaf zu erstechen … ich meine, vernünftige Gründe, die für Sie und mich gelten? Was wissen Sie denn über die Gründe eines Menschen, der krank genug ist, eine ganze Familie abzuschlachten? Hm? Was wissen Sie darüber? … Und die, die sie festnehmen werden? Und die, die in ihrer Nähe sein werden, wenn man sie festnimmt, jetzt, da sie sich in die Enge getrieben fühlt? Haben Sie auch mal daran gedacht?«

Bélouards Augen wurden feucht. Der zweite Inspektor kam zurück. Er bedeutete Morin, dass er nichts Interessantes entdeckt hatte. Sie sahen sich eine Sekunde an. Morin wirkte noch immer aufgebracht; der andere Inspektor machte ein Gesicht, als wolle er ihm sagen: Komm, schon gut, reg dich ab …

»Ganz abgesehen davon gilt das als Nichtanzeige einer Straftat …«, fügte Morin hinzu. »Und das erzählt er auch noch vor Gendarmen …«

»Die haben die Geschichte bestimmt genauso wenig verstanden wie wir«, beschwichtigte der andere Inspektor.

Und Morin, wieder an Bélouard gerichtet:

»Weiß sie, wo Sautereau wohnt?«

»Nein …«

»Sind Sie sicher?«

»Ja …«, sagte Bélouard schüchtern.

»Gut … Wir fahren trotzdem hin«, sagte Morin. (Er kritzelte etwas auf einen Block, riss das Blatt heraus und reichte es Bélouard.) »Rufen Sie mich unverzüglich an, wenn sie versucht, mit Ihnen Kontakt aufzunehmen.«

Bélouard nickte.

Dann brachen die beiden Inspektoren auf.

Er blieb allein zurück, saß einfach nur reglos da. Sein Kopf war völlig leer. Da war weder Schmerz noch irgendein Gedanke, rein gar nichts. Er hörte nicht einmal, als die Eingangstür wieder aufging, und drehte den Kopf erst im letzten Augenblick um. Es war noch einmal Morin. Der junge Inspektor setzte sich neben ihn aufs Sofa. Sie blieben einen Augenblick stumm nebeneinander sitzen.

»Wird es gehen?«

Bélouard nickte bloß.

»Ganz sicher?«

»Ja … es wird gehen«, sagte Bélouard.

Morin legte ihm die Hand auf den Arm und drückte ihn.

»Ich halte Sie auf dem Laufenden, wenn ich etwas Neues höre«, versprach er.

24

Er rief erst am nächsten Morgen bei ihm an. Am Samstag. Sehr früh, in seiner Praxis. »Ich habe gerade bei Ihnen zu Hause angerufen«, sagte er. »Wir haben sie gefunden … Wir haben sie heute Nacht gefunden … Sie … Man hat ihr Auto in einem Tümpel, in der Nähe von Châteaubriant entdeckt, zu drei viertel unter Wasser. Nicht am Meer. Sie saß noch am Steuer. Soweit man es beurteilen kann, ist sie absichtlich in den Teich gefahren«, erklärte der junge Inspektor. »Tja …«, fügte er mit Bedauern hinzu, »ich hatte versprochen, Sie anzurufen … Wird es gehen?« Es folgte ein Schweigen; Bélouard hatte bis dahin nichts gesagt. »Ja …«, murmelte er schließlich. »Es wird gehen …« – »Wir sehen uns vielleicht mal wieder …«, sagte Morin; und Bélouard sagte ja, vielleicht …, dann hängten beide auf. Die Sonne war gerade erst aufgegangen; es versprach ein wirklich strahlender Junitag zu werden.

Ertrunken. Tot. Verschwunden. Die Kaffeemaschine begann zu gurgeln. Er stand auf, um sich einzuschenken. Ertrunken, auf jene andere Seite hinübergewechselt, wo sie vermutlich niemanden getroffen und dies nicht einmal gemerkt hatte. Aber wer weiß, vielleicht war sie so verzweifelt, so besessen von dem Gedanken, der geliebten und zugleich verhassten Frau an jeden Ort zu folgen, selbst dorthin, wo es nichts mehr gab, dass sie der Bewusstlosigkeit und dem Nichts gegenüber völlig gleichgültig war. Er goss sich Kaffee ein. Die Stille, die in dem kleinen Raum mit den Regalen herrschte, war dicht und erdrückend. Er stellte die Glaskanne auf die Heizplatte zurück, verließ die kleine Kammer und setzte sich wie gewohnt in seinen Schwingsessel. Gleißendes Licht fiel durchs Fenster. Vielleicht, damit ich begreife …, dachte er. Vielleicht damit ich sie lese und begreife … und ich habe sie nicht einmal gelesen … nicht einmal das …

Es war jedoch nicht an diesem Abend. Auch nicht am darauffolgenden oder dem danach, sondern noch später: am Dienstagabend. Er kam später als gewöhnlich nach Haus, gegen zwanzig Uhr. An einer Ecke seines Küchentischs aß er zuerst etwas Pastete und ein Stück altes Brot. Seit vier Tagen hatte er sich weder geduscht noch rasiert, hatte auch nicht abgewaschen. Das Spülbecken quoll über. In der Küche herrschte ein widerwärtiger, süßlicher Geruch, den er nicht einmal wahrnahm. Seit vier Tagen lebte er in einer unwirklichen Welt, die für seine Sinne genauso viel Realität besaß wie eine vage Erinnerung.

An diesem Abend jedoch rasierte er sich, nahm eine Dusche, zog sich ein frisches Hemd und seinen besten Anzug an, einen Zweiteiler aus billigem Tweed, den er vor langer Zeit – kurz nachdem er mit dem Trinken aufgehört hatte – gekauft, seitdem aber kaum getragen hatte. Es war fast neun Uhr, als er das Haus verließ. Die Dämmerung war wolkenlos und mild; er fuhr direkt zu einer dieser kleinen Bars an den Kais von Nantes, die erst spät in der Nacht schließen und wo man manchmal leichte Bekanntschaften macht. Er trank drei Diabolo menthe und gönnte sich ein riesiges Eis. Es war noch recht früh; die Bar war fast leer. Er wartete verzweifelt darauf, jemanden anlächeln zu können. Als ihm sein Eis serviert wurde, bot sich ihm endlich die Gelegenheit. Es war eine schöne, dunkelhaarige, etwas kräftige Frau mit hübschem Gesicht und großen, lila umrandeten Augen, in denen man eine Spur Melancholie entdecken konnte. Sie setzte sich an den Nebentisch und schaute beeindruckt auf sein riesiges Eis. Er lächelte sie an, machte ein verzücktes Gesicht und rieb sich dabei genüsslich und voller Vorfreude den Bauch. Sie erwiderte sein Lächeln freundlich. Und als sie ihm kurz darauf erneut zu verstehen gab, dass sie fand, er habe aber wirklich Glück, stand er auf und fragte sie, ob er ihr eins spendieren dürfe. Sie war einverstanden, schien es aber ein bisschen albern oder zumindest überflüssig zu finden, dass er sie um Erlaubnis fragte, sich zu ihr zu setzen. Er war sehr spendabel. Er gab ihr ein Pfirsich-Melba-Eis und mehrere Himbeer-Kir aus. Sie lachte viel und fuhr sich dabei mit der Hand durchs Haar; während sie ihm zuhörte, waren ihre Lippen stets leicht geöffnet. Sie schien nicht von Natur aus vulgär zu sein, man sah, dass sie sich dazu zwang. Nach einer Stunde, als er merkte, dass sie auf all seine Vorschläge eingegangen war (bis auf den Champagner, nachdem er ihr gesagt hatte, dass er nicht mittrinken würde), schlug er ihr vor, den Abend woanders zu verbringen, an einem ruhigeren, intimeren Ort. Sie lehnte nicht ab, erklärte aber ganz offen (widerwillig und mit einer Scham, die deutlich machte, dass sie nicht vom Gewerbe war), dass sie Geldprobleme habe. Darauf sagte er, auch er habe Probleme, alle hätten Probleme, und wenn man nur ein wenig darüber nachdächte, so hätten auch fast alle die Lösung für die Probleme der anderen, und es wäre doch dumm, wenn man sich nicht einigen könnte. Sie gingen in ein kleines Hotel in der Nähe der Rue de l'Arche Sèche. Das Zimmer war klein, bescheiden, orangefarben; durch das Fenster blickte man seitlich auf die Kirche Saint-Nicolas. Die Frau legte langsam und unbeholfen ihre Kleidung ab, während er lächelnd auf dem Bett saß. Sie zog ihren BH und dann ihren Schlüpfer aus. Dabei versuchte sie mehr oder weniger schlängelnde Bewegungen zu einer imaginären Musik zu machen. Als sie schließlich ganz nackt vor ihm stand, fühlte sie sich plötzlich verunsichert vor diesem dicken Mann, der zwar lächelte – so wie Männer manchmal lächeln, wenn sie gleich bekommen, was sie wollen –, aber keine Anstalten machte, sich zu rühren. Sie dachte bei sich, dass es da wohl noch andere Dinge gab, die man in diesen Augenblicken tat, Dinge, die sie noch nie gemacht hatte, aber vielleicht ausprobieren könnte, fand dann aber, dass es so schon genug sei. Etwas geniert sagte sie, dass sie nicht so viel Erfahrung damit hätte, und schlüpfte rasch ins Bett. »Komm, leg dich zu mir«, hauchte sie und versuchte, ihrer Stimme einen wollüstigen Klang zu verleihen. Er stand auf; dann entkleidete er sich ebenfalls. Als er ganz nackt war, sah sie, dass er nicht einmal eine Erektion hatte. Dann stieg er zu ihr ins Bett und tat etwas völlig Unerwartetes: Er zog sie an sich, rutschte ein wenig tiefer unter die Decke, vergrub sein Gesicht zwischen ihren Brüsten und flüsterte (oder zumindest meinte sie, ihn flüstern zu hören) mit erstickter Stimme: »Es geht gleich wieder, nur einen Moment. Nur einen Moment.« Doch er verharrte so. Kurz darauf spürte sie etwas Lauwarmes über ihre Brust gleiten, was sie zunächst für seinen Atem hielt, bevor ihr klar wurde, dass es das nicht war. Im ersten Moment widerten sie seine Tränen mehr an als alles andere auf der Welt. Sie wollte ihn am liebsten brutal fortstoßen, brüllen, aus dem Bett springen. Ließ es aber bleiben. Sie war kurz davor, ließ es aber bleiben. Letztlich war es ein Problem wie jedes andere … und genau genommen dachte sie nicht einmal daran. Sie schloss lediglich die Arme um ihn und drückte diesen traurigen, dicken Mann ganz fest an sich; letztlich selbst erstaunt, dabei eine so tiefe, ungeheure Friedlichkeit zu verspüren …

Eine solche Friedlichkeit, dass sie einschlief.

Der Autor dankt dem Centre National du Livre für das Arbeitsstipendium, das es ihm ermöglicht hat, diesen Roman zu schreiben.

Klassiker der französischen Literatur im dtv

Pierre-Ambroise-François Choderlos de Laclos
Gefährliche Liebschaften
oder Briefe gesammelt in einer Gesellschaft und veröffentlicht zur Unterweisung einiger anderer
Roman
Übers. v. Wolfgang Tschöke
ISBN 978-3-423-**13560**-3

Pierre Loti
Islandfischer
Roman
Übers. v. Dirk Hemjeoltmanns und Otfried Schulze
ISBN 978-3-423-**13676**-1

Madame de Pompadour
Briefe
Ich werde niemals vergessen, Sie zärtlich zu lieben
Übers. v. Hans Pleschinski
ISBN 978-3-423-**13333**-3

Stéphane Mallarmé
Sämtliche Dichtungen
Zweisprachige Ausgabe
Übers. v. Carl Fischer und Rolf Stabel
ISBN 978-3-423-**12878**-0

Michel de Montaigne
Von der Kunst, das Leben zu lieben
Hg. u. übers. v. Hans Stilett
ISBN 978-3-423-**13618**-1

Arthur Rimbaud
Sämtliche Dichtungen
Zweisprachige Ausgabe
Hg. u. übers. v. Th. Eichhorn
ISBN 978-3-423-**12945**-9

George Sand
Ein Winter auf Mallorca
Hg. u. übers. v. U. C. A. Krebs
ISBN 978-3-423-**12497**-3

Lelia
Roman
Übers. v. H. Hemje-Oltmanns
ISBN 978-3-423-**13709**-6

Stendhal
Rot und Schwarz
Chronik aus dem 19. Jahrhundert
Hg. u. übers. v. Elisabeth Edl
ISBN 978-3-423-**13525**-2

Die Kartause von Parma
Roman
Hg. und übers. v. Elisabeth Edl
ISBN 978-3-423-**13776**-8

Klassiker der französischen Literatur im dtv

Jules Verne
In 80 Tagen um die Welt
Roman
Übers. v. Sabine Hübner
ISBN 978-3-423-**13545**-0

Reise zum Mittelpunkt der Erde
Roman
Übers. v. Volker Dehr
ISBN 978-3-423-**13882**-6

Von der Erde zum Mond
Direktflug in 97 Stunden 20 Minuten
Roman
Übers. v. Volker Dehs
ISBN 978-3-423-**13643**-3

20 000 Meilen unter den Meeren
Roman
Übers. v. Volker Dehs
ISBN 978-3-423-**13795**-9

Voltaire
Candide und der Optimismus
Roman
Hg. u. übers. v. W. Tschöke
ISBN 978-3-423-**13750**-8

Émile Zola
Nana
Roman
Übers. v. Walter Widmer
ISBN 978-3-423-**12603**-8

Thérèse Raquin
Roman
Übers. v. Wolfgang Tschöke
ISBN 978-3-423-**13704**-1

T. C. Boyle im dtv

»Aus dem Leben gegriffen und trotzdem unglaublich.«
Barbara Sichtermann

World's End
Roman
Übers. v. Werner Richter
ISBN 978-3-423-**11666**-4
In der Nacht seines 22. Geburtstages rast Walter Van Brunt betrunken und bekifft mit seinem Motorrad gegen eine Gedenktafel. Die Vergangenheit holt ihn ein …

Greasy Lake und andere Geschichten
Übers. v. Ditte und Giovanni Bandini
ISBN 978-3-423-**11771**-5
Geschichten voller Action, Witz und Überraschungen.

Grün ist die Hoffnung
Roman
Übers. v. Werner Richter
ISBN 978-3-423-**11826**-2
Drei schräge Typen versuchen in den Bergen nördlich von San Francisco Marihuana anzubauen, um endlich ans große Geld zu kommen. Doch das Leben in der Wildnis ist strapaziös …

Wenn der Fluß voll Whisky wär
Erzählungen
Übers. v. Werner Richter
ISBN 978-3-423-**11903**-0

Willkommen in Wellville
Roman
Übers. v. Anette Grube
ISBN 978-3-423-**11998**-6
Zu Dr. John Harvey Kelloggs Tempel der Gesundheit wallfahrtet die gesundheitsbewusste Oberschicht Amerikas …

Der Samurai von Savannah
Roman
Übers. v. Werner Richter
ISBN 978-3-423-**12009**-8
Als Hiro vor der Küste Georgias von Bord eines Frachters springt, ahnt er noch nicht, was ihm in Amerika blüht … Ein tragikomischer Roman über die dramatische Begegnung zweier Kulturen.

Tod durch Ertrinken
Erzählungen
Übers. v. Anette Grube
ISBN 978-3-423-**12329**-7

América
Roman
Übers. v. Werner Richter
ISBN 978-3-423-**12519**-2 und
ISBN 978-3-423-**19136**-4
(dtv AutorenBibliothek)
»Ein Buch wie ein rasanter Film, in dem Erste und Dritte Welt aufeinander krachen.«
(Elke Heidenreich)